滿島光未眠

林妏霜

目次

【鏡子】

【屏幕】

【窗戶】

【覆信】

難與易

林妏霜小姐，

其實我通常是不幫人寫序的。我十分討厭這種「攜帶」的方法。路是自己闖出來。

明白你的困難。但我走了，又有新的困難。譬如我可能不再依賴印刷作為傳播方法，這樣就變得很少也很小。我說這是寫作上的自殘：有二三十個讀者就夠。

路從來不易走。有沒人伴你，沒分別。

能夠給我力量的，最先是自己。然後，有時是某些作品，而最近，是山野的，野百合，野杜鵑，野海棠：全被我們在城裡花店見的細小。但見了才覺其大：在那麼貧乏，岩邊，少土，大風，深谷，與其他各種有刺灌木與小草爭鬥，與人無關就是植物生命的本能，盛開。上周去的鳳凰山，竟在約六百米的山坡，見到零散但延開的野百合。最近的一朵湊近，原來已經沒了花粉花蕊。不香。平日家裡有時買大束百合回來，跌到一桌子花粉，而且好香。

現在已經不會為任何寫作以外的原因而寫。不寫，不代表你沒力量，因為你的力量，與我無關。

如野百合，極力盛開。

如沒開，不要埋怨。

黃碧雲

【引路】

在之間，在場

賀淑芳

我們不得不在語言與字詞裡表述，寫覆、織線與釐清。「一旦使用語言，就要一層層地談下去。」「因為正確不等於精確」，說說寫寫時，誰也不可能如精準天秤。林妏霜對語詞所能予的與其為主觀所致的拐曲，如此敏感又自覺。點開介面，慢慢地讀著她寫的行行句子，像撥移懸於一個個驛站候車處的時間。一篇一篇，或許就是一日一日的差異。在漫長的時間裡，《滿島光未眠》也許是始自某次短遊街上的深夜，當時就已掀按下了其時仍屬未來的此際。

打從一開始她就嚴密地對文學存在的本體提問。「要怎麼說，才不像交換祕密。」以及，要如何才不會被故事吞噬。僅僅只是敘述過去，像把鏡頭調向自己的攝影師南・戈丁，隱然浮現起這疑問：會不會讓人看見她「還在承受暴力」。

女性創作者的主體聲音非常容易遭到剝削與掠奪。女性作家在梳理生命中的匱乏與悲傷時，很容易遭到扭曲，被別人以單一的、剝奪性的觀點來詮釋她，彷彿她只可以舔傷，很長的時間抑制了女性主體從創傷延伸到創作與藝術探索的努力。然而，引述伍爾夫之語：「意識到自己在陰影中，但仍然對存在的每一個顫抖和微光充滿活力。」對悲傷敏感，並不意味生命力就跟著消失枯敗；過往經歷老早已經刻滲體內，與稍後的種種遭逢有了疊痕，此後多重的時間，記憶、消化、感受、反芻與詮釋。有如多維度時間交疊開展的表述，如水中氧氣湧過而書頁如魚鰓。

如林妏霜所說，當她從生命記憶深處開始書寫，並非是擊鼓而鳴。《滿島光未眠》持續地、緩慢而細密地闡述，從事件斷片與記憶，細膩入微，同時對書寫與生命提出詰問，觀點像在一章接著一章交錯遞進，貫穿全書，語言文字實驗翻轉瓦解確意。

林妏霜的書寫有這樣的魅力，不勉強描敘，可是卻能讓人一下子就被深深吸引置身其中。像〈永遠的仔〉，某日她坐進父親的車裡，整個車廂都是久違的嗆鼻煙霾密布，為了挺過這個難受的時刻，她伸出手來，按按臉與手。讀到時會不禁覺得心情慟顫，因為這身體的反應甚是太熟悉了。好像是自己也在那裡，由於離開不了，而拚命較下車窗。

我們確實難以復歸，始自降生就一路逸岔歧走。如電影《彗星來的那一夜》，一個人在她不明白為何會如此被對待的擊撼中，出走到外邊那條闇黑的路上，這之後，無論如何就再也不可能回返原處。不一定得有多麼特殊戲劇十足的事件才會讓人不顧一切地想出走。任何時候、任何地方，即使僅僅只是家庭的生活。

不是所有記憶都愉快的。成為父母眼裡那個奇怪的孩子，在許久以後，即使記不得那些完整的句子，也會記得那些語彙。即使她沒寫完，但餘下未言明的還是會勾起那些遺忘已久的感覺，轟然回返。我在〈青年旅館〉裡，讀到母親說為何會有妳這樣「無仝款」的孩子時，不禁想起多年前讀過范銘如論文〈女性為何不寫鄉土〉。我忍不住想在這裡岔開一提，為何不寫鄉土語言、為何剔出那麼乾淨如失語症？男性很難理解到，在很多時候，女性對於鄉土語言的記憶，也是身為女兒時期遭到父母貶抑的記憶。

「倘若家是一個語言滅絕更無須文字之地，我用那些他人決定的腐語術法覆蓋每一回合自己的哀泣」「我需要成為游離者。」（〈腐女的盤子〉）

我幾乎不會再去想《滿島光未眠》是小說或者散文。當讀到的文字潛入了生命礁洞的悲傷伏流時，我不想再去區分，因為它已經刮開原來凍結的什麼。它幾乎有全部東西，幾近完整。

讀到中間，忘了哪一頁起，我有這樣的感覺。她沒有什麼外在於己需要去徵詢的人。有些時候，我甚至覺得她好像沒有什麼別的東西想再要了，但後來也讀到她寫：作為女性的慾望都是我自己創造的，還有BL漫畫的「有愛的性招待」之語（甚得我心）。她書寫的質性如此精微，語言洶湧，既極致敏感，時有精妙的延伸與意想不到的語義反摺，具有反身性，是什麼在限制、抽換一個人的生活。寫父親像一個籠罩她的煙霾陰影。寫人際之間的惡意欺負。真實複雜，乃至無可指認。

她常常有很冷很冷的笑話，悲哀的妙語，像是寫那些很重要的歷史日期，對小鎮的人來說最是漠不關心：「若有繩索他們不會拿來記事而是拿來自縊。」

她拋出的一些文學問題，會讓我想上許久。比如，到底是怎樣的敘事可以支援現實？是可以在我們脆弱的時候帶來安慰？是在艱難局勢中支撐群體度越難關，允諾以未來和生出抵抗的勇氣？在陷入漆黑困境的時候，人難道不是需要一點光？像〈一月降下電話亭〉裡寫的：「只要一點點光就能拯救走什麼。但書寫卻總有不可抵達，始終模糊的核心。」

「也請聽聽我的記憶。請先不要質疑我的記憶。這不是全部的世界，只是我經歷我記得我想說的世界」那是在「有、沒有、有的訴說裡看見了那個『沒有』的空隙」。（〈一月降下電話亭〉）

「我不希望自己的表述過於依賴舊傷，也不希望因為任何傷痕被任何人衡量。」（〈痛苦的花朵〉）

每次重讀《滿島光未眠》總會發現新的東西。她書寫的位置就像在「日常的自我」旁邊，可書寫卻不止於日常自我，而會繼續涉入到文學書寫與人的存在之間的共在、以及意義如何跨越與延伸；「文學怎麼可能只是書寫的痕跡」。她提出文學也可能是對於「痕跡」的譯述。

以極涼的戲謔，寫出一條街上，歸家途中，遇見一連串散落的貼紙，箭頭般指向下一張。貼紙、燈柱、車站，種種記號。若果把死去的符號復活，就勢必牽涉到語義挪位。但世界不可盡詮，這一大堆沿路記號，可有什麼喻示嗎？

雖然已經被指引到那裡。指引是什麼？這一切也構成偶然的命運隱蔽的連點圖嗎？

她不寫「階級」，而是「貧窮」；「階級」的概括性使很多東西被忽略了。她問出這樣刺灼的問題：「在這個模糊的時代裡，我可以用來拯救自己的心的東西，到底會是什麼？」（〈錫身〉）

林妏霜的書寫不可動輒歸類。它就像來自一座臨淵之橋（〈潦草人間〉）。世界是一座橋，從這個閾限處境的位置啟程，文學給予了一個「之間」的位置。她後退而述，時間、記憶在書寫裡獲得層層疊疊的擴增。不是控訴、不是吶喊、也不是疏離冷淡的文學闡論，《滿島光未眠》對我顯示出它抵拒定義，不可歸類，也惟有拒絕定義，才可能推移疆界，描敘出生命的雜蕪，徹底深入書寫。

或許世界的鑰匙與鎖頭就在書寫裡邊。它釋放出那像是從死亡敘述生命的威力。我覺得《滿島光未眠》的每行每句，都會讓讀者跌入那生機勃發、萬種情感（愛、恨、失望、憂鬱、玩笑、機智……）都表現自如的語言裡。「不能跟文學要求補償」（〈最難解的迷宮〉）不能再通過文學來換取成其他報償。所有來到文學的，就已經觸底，一旦希望藉此換成其他報償，可能就會失去了這樣獨特與異常專注的創造性能量。我覺得她的觀點、感情、探索，在在顯示她醉心的，完全在文學中在場。她是如此清澈思考的創作者，任何愛文學同道之人只要翻開讀上任何一段，就會為這份罕有的堅持與心靈，情不自禁地觸動邃遠。

鏡子

那些鏡子被直立在生活裡，就像他人故事在書頁裡立體。用虛構、想像、意志，與累積的偶然構造了不同的敘事。換一個文本，換一個故事，從而交換了另一面鏡子裡那些不同的我；以及在肯認與否定間互相製作，最終被映照出的雙重性：量度著那些不可讓步的，分劃出關於我的界線——

要移動多小的刻度，跨出多遠的距離，才會溢出鏡框邊界？在不想面對而有所猶疑，與試圖面對卻依然遮掩之間，只能看見部分的自己，不能看不見自己。

有時，鏡子裡也會出現一張充滿裂痕、看來難以復原的臉。我難以分辨那些碎片是出現在承裝著這張臉與這個身體的這一層薄薄的鏡面，抑或就是長在原原本本的這張臉。

所以我想，我可能多半、或永遠不會「好」了。我只是預見，在那只屬於自己的時間裡，終究「來不及」好了。

那大抵是因為，我的一生到現在，完全沒有展開過任何和解的過程。所以永遠不會有可供他人期待的、能讓他人放心與滿意的，一份帶著明朗的，和解的結果。

慣用的右手意外受傷了，隔日卻有從早至晚的紀錄工作。畢竟那是幾個月來僅有的大筆收入，也是一份早已訂下的承諾，遂捧著手，夜晚車行到急診間請求護理。護理師將每根手指沾上敷料，白紗布掩蔽傷口，終至邊邊角角的全部覆蓋。這形式最後看來像是整隻手掌的包捆。真是孤掌難鳴了。

我試圖提線般提起我的木偶手指，向前方伸延，拉扯的些微痛楚彷彿傷口之中重新擠出了傷口。一洞又一洞地，相互成為不妥貼的齒輪在動，搖晃著血肉，發出了聲響；但有時又宛若上面敷著的凝霜一樣地靜定。

如剪刀般剪去了過往所有的習慣，學著再以左手重新開始，也這樣照顧自己。

無論如何不能像往常一樣拿著筆快速抄寫，可總也無論如何都還能對著鍵盤單手敲打。只是受損，不能說是全壞。

而我這樣的年紀其實離那件工作算是太遠，已經近乎一個偏移人生路徑的取樣：如何穿上「成人中」的衣物，如何脫下即轉成孩子，兩邊徘徊，偶爾去錯了自己。

在白日的恍惚裡坐進了北上的車，筆直開往五號公路，穿行「泡在水裡長大的隧道」，像渡越一場白日之夢。回到了從前去過，早已搬離的北邊城市。將所有的非日常心意，用巨大的車輪輾平成日常；用路過的風景把自己一點一點地，宛如專屬宿命般全盤埋沒。

我承諾做一件看來適合自己性情，過程也十分熟悉的勞動：現身圍坐人群裡，在一張桌子的邊緣，譬若仿品般擺置自己。無須開採礦洞裡的言語，沉默地把自己收束到無人注意的地步。我只須好好傾聽，但有時也會忍不住望一望那些談話臉孔。而這一場場會議關乎未來的文學新例，迤邐著一大片可能的輪廓、別樣的明亮、被擴展出去的界線。在那裡，屬於例外的或許只有我。

受了傷的單手同樣擺置在鍵盤，追逐著在場者的話語，卻從未真正趕得上。多半仰賴事後的錄音檔案，一遍一遍的聽取與辨識，記錄成被熨平和沒有熨平的文字。他們說出口的，說得太開的，警覺而不願被記下的，便用手指指向那些閒散字句。我停止記下，並且悖論般地全然記住那些不要。刪去語氣贅詞、將空隙提前一格，含糊不清、斷掉不全、只存話頭的則嘗試不改原意的捻摘或補足。之前與之後都必定閉口：有過誰人與誰人的論辯？而誰又是雀屏中選的唯一？直到白紙黑字的交代與確認，直到後來的全部現出。

工作後某日，複診我傷口好了卻無法彎折的無名指。每天我感覺這根手指一吋一吋的死，筆跡一吋一吋往下掉。午後在診間，我說，握緊時會痛，連握筆都痛。醫生淡然問：那有怎麼樣嗎？或許他的隱藏信息是：我見過許多比你更嚴重的，這沒有怎麼樣。但我只是希望他告訴我時間過了會再更好。而他的困惑變成了我的困惑：有怎麼樣嗎？

我不死心，伸出左手彎曲手指，示範所謂的正常運作，伸出右手擺放在一起，希望他能察覺這之間的差距。他看了，也只是說：可能一輩子都這樣了。

我回想起中學時，有位喜愛的老師坐在我對面的椅上詢問，因為某事剛剛淚流但很快擦乾了眼淚的我，是不是在假裝哭泣？面對著令人混亂的問句，我竟然就不由自主地點點頭。簡直成了某種防禦的膝反射。不知是為了獲得他人的喜愛，讓他覺得自己才是正確的而自暴自棄；還是不知怎麼面對這荒謬的質疑而自暴自棄。遂真的像迎上前去，對傷口說謊了。更使人無措，卻也是事後才會察覺的事，即是，對方立刻就相信了，相信我並沒有真的哭泣，大概只是在做表演。這份重新塑造的謊言，完全掩去了適才的那一份真實，遂讓過去的真實變成了謊言，後來的謊言變成了真實，重新融合之後，這些卻轉成了沒有被解決，只是沉了下去、壓了下去的新的悲傷。

那些遮蓋著每一種表面底下的表情，那些無人知曉的夾層狀態，再也沒有人想要去意識。彷彿觀看了一場我突如其來、異想天開的戲劇表演。

因為那是被量度過後，介於「之間」的事。

這種程度，你可以不要說。

在漸老的這個時刻我突然感到傷心，突就感到成為鬆脫螺帽的那種哀憫。我感覺自己彷彿千里迢迢投身了一個炎與涼的淵藪：世界是一座橋，而你不可以在橋上照鏡子。但我終究還是只能將自己的情感從明亮的窗戶，轉移至地上的髒水窪。

已經完足的人照樣寫下過去的匱乏，我該怎麼去談匱乏之後，倘若我現在還是匱乏？怎麼理解那些遭逢，都是災厄帶來的短暫親密？從前與往後都沒有過的天倫愛，讓普通的戀慕都空手回。為什麼我去過的每座城市、途經的每條街道都變成了讓我流淚的街道？走過時揚起的灰塵最後只吹進我家門？家徒四壁豈敢有夢。家就是童年時父親不帶鑰匙氣急了撬壞的整扇鐵門。為什麼我走不出去？

時效提醒了無效，但我擁有的技藝從來就潦草，而終究手邊印上字跡，沾滿了汙漬。我曾為題寫作的「擱淺」，藝術家指稱的「蹉跎」，抑或「朦朧」，這些標示著生命某段滯凝狀態的語彙，也成為了某種創作的核心。就像慢動作演練一眼瞬間，也與我們永遠的愧疚之感攪成同一種意思。

同在一整排的葬列般，讓最為匱乏的模樣走在最前頭，在葬列裡試圖對著後方傳聲，命令每一顆心白日也該運行。但每每轉身看見的竟都是更年少、更稚幼的我自己。

也好像書寫的事：徒手掘開堅硬的地面，想要創造出一種活下去的欲望給自己，卻轉而受困在這個命運裡。

我千迴百轉書寫的都是「我之不能為我」之事，都是冬日玻璃般的隔絕。是已經失明的賈曼告訴自己，為了最後的創作與愛再活下來的一年。我以為只要我隱晦、更隱晦地說，靜默如謎，就擁有了虛構的萬分自由。但我明白的卻是我就是破損了，就是所有文學例子都在說明世界正在疏遠我。

當你量度著深淵，深淵也在量度你。有天，世界某端問起：你最近好嗎？時間被心意所晃動了。但我只是用那隻無名指壓上貼圖，回應了哭泣，非常快速即時且如吹灰，看來竟與自己密緘箱子裡所收藏的死亡如此相似。而即使往死裡走，關於死亡的疲憊，還是無法比已死去的人說得寡少。

他們只這樣提醒：如今再沒有什麼比現在更加遙遠。

永遠的仔

久違地坐進了總停在家門不遠處，但已極少踏進的父親舊車裡。不記得這輛父親宣稱朋友給他的車究竟使用了多少年。他所擁有的總是只與他自己有關。

似乎未曾清洗的車門上幾道刮跡。藍黑色烤漆已現出斑駁。拉出安全帶時座椅附近揚起了四散的菸灰。後來的某一日就沒有生活話語在他們之間。他們總是各自帶著一手無言酸澀的嘴，在每日見到彼此時重新置換。

原來只是隔著車窗看著冬日早晨的落雨。道路是一條無止盡的溪流。這場雨到台北城後應該不會下了。到他地時她總得解釋置身「彼處」的剛剛，下了好大的雨，所以雨傘才會在「此處」全濕透了。

父親又開始在封閉的車內點起了菸。只是聽見打火機的聲音，她遂一口氣將車窗搖降到最底。她又被那些總是飄過來的菸味給刺傷，已經有了心理的一連串過敏反應。總是這樣。廉價香菸的尼古丁臭氣霧霾般籠罩，順道奪走了她這邊的空氣，將她的臉驅趕到離他更遠的地方去。

一輛白色的小貨車往前超車，被厚重車輪帶起的髒汙積水勺子般澆灌，融化了她帶著妝容，試圖吸吐新鮮空氣的那半邊臉、披掛的長髮、身上的冬衣。她只是依然沉默地將車窗搖升到只遮住一點臉孔。從包裡拿出面紙擦拭著半個自己。

鼻腔滿是幾要窒息的難受。她緩慢地將沸騰起來的心意撫平。不受青睞，無有護膜般地用力擦拭進白日的地景；緩慢地，廓取出一道人的形狀，讓假貨贗品般的自己重新復歸。

連一點話語都沒有發出，那個時刻就過去了。

因為不能怨憎這笑鬧橋段般的因果關係，結果上來說，她現在需要的更是一份編輯方面的技藝。她只是在腦中重複思索一連串聽來可以不大俗氣的文學譬喻，試圖鋪蓋文學的絲絨。彷彿坐在車內移動著的只是小說文本裡的自己——她的虛構是她的真實。她的虛構是，讓過度真實的細節死去。每一顆字都是一次死亡的虛構結晶。

如同有人曾在聊天當中以私訊輕浮傳來：你是不是，曾想過死？因此，她也只能選擇同款輕浮地回應：是的從很久以前開始，那又如何？她要怎麼形容腳底插著一根細針，每日感應著踩著走一大段路；或者該如何形容切膚的痛苦，而不會成為一塊話語的模板？

她迂迴地將每一顆字都浸入象徵系統裡封存，最好沒有一點空隙足以讓那些被日常情感所剝取的「我」的邊緣，宛若微小氣泡，帶著外邊一輪黑圈滲透進來。但到了最後，終而只是整日注視著那些遭受擠壓的物事，滲入的雜質反而把整塊組織全都包覆了起來。

她覺得毫無動靜、沒有改變的自己被過去與現在同一場所的影像疊加曝光，與相紙裡的琥珀色幽靈模糊的相合。抑或，她其實只是一具煙燻成灰棕色的骷髏，裡面只剩一顆銅舌鈴鐺般的心。動起來的骨幹支架空空盪盪，沒血沒肉，什麼也沒有。偶爾想起那顆鈴鐺時銅舌便會喀噠喀噠的左右舔舐。

那邊傳來一支菸又被點起的回聲。每當此時，一份新的想像被陰霾的迴圈所擾動，她其實想進站廣播般，並以台語語音在內心放送：想欲落車的旅客請趕緊落車……

•

那年年末，約莫就是在那輛失速的列車W型翻覆在老家附近無人小站的數月之後，偶然有了一場在台北城的寫作朋友午餐聚會，以及其後的文學典禮。兩週家門未出，她先計算好四趟不同交通工具的轉車與行駛時間，絕對要在約定的時間前抵達。遂走往因國道長途客車營運後才有的，免費接駁至轉運站的接駁車候車處。唯一的路線中途停棲三站，將這些被劃分在偏鄉範疇的人們一一拾起。

這些年，住在老家之時，十分依賴這趟車先將她送至轉運站後再轉往各種遠方。等候的時刻過去幾分鐘，才發現一張白紙貼在便利店外的牆柱上，極細字體潦草寫著：站牌移往前方變電箱處。

三百公尺之外，另一張打字並護貝起來的白紙，黏貼在新站牌下方，紙頁被冬日冷風吹得擺動，應付著雨珠直流。開頭第一句：為照顧更廣大的顧客。真正大意即是：這個月開始車資不再免費，時間間距也全部更新。她看著新的時刻表，上一班早已離開，下一班卻在兩小時之後。總是這樣。一場變位字謎般的遊戲。遂有了前頭向日日在家的父親艱難開口後的總是這樣：你以為只有正反面的簡單，它單單對你展開了一百零八面。

倘若有一條永恆的線軸，在一個剪切後掉下來的會是「自己」。必須剪到那條線，才算完全將線軸剪開。這麼多年她總感覺自己一直在喀喳喀喳剪著那條線。

喀喳喀喳在黑暗中不停剪著。於是，每一個被剪錯而掉落下來的自己都成了會對著某一顆電影鏡頭嚎啕大哭的人。

劇本課的老師在台上說，不知道自己寫的對白會變成什麼模樣，不如自己照唸著演出。隨即展示了那種裝腔作勢的模仿，那種直接複製二手情感而來的戲劇性滑稽。老師接著說，這也是那樣的八點檔連續劇，聲音少有空隙特別飽滿之故：為了讓身為勞動者的主收視群，能一邊勞動一邊用耳朵聽就能清楚角色的所有行動。

於是她可以很快的從記憶裡抓出，從早至晚踩踏著縫紉機趕貨的母親，在規律的機械聲空隙聽著電視節目的畫面。即使那種過於戲劇性的聲音裝飾總令她下意識悚然。

但要怎麼抓緊語言概括那些一來二去的故事，或剪除極不願意的連帶感？電影《大智若魚》（*Big Fish*）裡，老邁父親對疏遠的兒子說：我從出生那天起就是我自己，如果你不能理解，那是你的失敗，不是我的。

她其實不知道怎麼理解一個親人指出她做為一個女兒的不幸是來自另一個親人。宛若她勢必得在一場別人的不幸婚姻裡跟著遭殃。

•

那夜在台北工作完畢，又坐長途客運沿著五號道路原路返回。接駁車五點之後就沒有了。她到另一個站牌去等市區公車。一時晃神坐錯了車，轉到另一條不同的路線去，只能在其中一地提早下車。她穿著高跟鞋走上因雨濕滑的天橋，天橋下是長長的軌道，那件翻車悲劇發生之地。她開著手機的手電筒照著地上。試著對一個人也沒有，僅有幾支距離遙遠的路燈微光保持鎮定，對突然出現的對面人影保持鎮定。花去了半小時，夜晚十一點才拖著身體回到這共居之地。她還是必須先沖洗整間浴室，洗去那些父親隨意墮下的任何穢物：擤在地上和牆上的黑鼻涕，馬桶內的尿沫，坐墊上的菸灰，垂吊在邊緣的一口痰。洗手台放著的菸頭，而垃圾桶明明白白的就在旁邊。那些髒汙以固體化的性質呈現。這是一份排拒任何抒情的描述，單薄的勞動。

圖文回憶錄《歡樂之家》一個令她印象深刻，但可能是整本故事不甚重要的一格：祖父母的床頭邊上存有一大片黑色汙跡。作者拉出文字解釋是祖父生前習慣抹髮油，不斷沾染就這樣日積月累，遂殘留下一枚個人記號。第一時間，她對於那些抹滅不去帶著遺跡的氣息，突感到一種卑微而恐慌的情緒。如那日在廚房看見冰箱門旁落在地上的一顆破雞蛋，沒有人收拾，變質的蛋白蛋黃一逕孤單的留在那裡。她心裡「第一時間」的各種意象最終形成一塊逐漸淤塞之地。

她曾以為那些便溺之事的處理是做為親緣關係的最後尺度，卻一直過著彷彿青年時間被整個抽換掉的老年照護生活。她無法每日每日清潔那些並非失能的結果只是他人昔日慣常至今的萬種惡習；無法全收拾乾淨彷若自己一無所有，因此有從這樣的生活重新振作起來的機會。

什麼時候虛影般的父親成了她生命裡籠罩的霧霾而不是隱喻；又是什麼時候他背後所拖帶的詞組只能產生灰濁的畫面並不能美麗。

一條柔軟的綾羅掛在脖子上，被人一點一點的往後拉。有時她會欽羨那些同輩寫作者能將父親的具體蹤跡置放在他處，抑或就成為一個遠方的符號。沒有重疊生活的部分，因此也不會成為彼此過度重疊擠壓的岩層。而她只能帶著人的輪廓來看中年後便不再外出工作因此也毫無所得的父親。一個終被母親形容成「袂當講哩」，他人話語從中經過不是一言不發便是百般發怒的亂躁之人。他們之間沒有即將言和的姿態，也沒有更新後的事過境遷。沒有遭難之時，將對方看得比自己重要，用來牽繫一個家庭的脣齒相依。他所會的任何一件事都不願意運用在家庭上。他們只是各自保存了對彼此生命的耗損。

寫作畢竟不是一種成長傷口的比競。但不和解的時候寫下不和解的字，是不能被用古典的方式原諒的吧。然而此刻，她覺得自己與這世間已經有過的敘事到底相仳離。

她覺得有另一個自己正直視著那個名為「我」的飼育箱，看著人生就在這微不足道的小事上失之毫釐。她無法重寫。像那些採摘詞藻的手藝在她堆砌的段落僅能顯露的高度。但又沒有辦法把支撐著真實的名字用來交換那些現實的反作用力。

反覆問自己：虛構的另一頭會有真正的我嗎？
倘若以第三人稱誠實書寫不被視之為誠實嗎？
可是，我不能帶著憎恨成為一位寫作者嗎？

她以為無論何時都能逃往位於二樓彷如寄居但仍算自己的房間。直到有天父親突將一樓房間清空，將私有雜物磕磕碰碰地搬進她隔壁原先作為儲藏室的空間。拉門隨著軌道拖過來拖過去。穿過窄仄的廊道，對世界憤恨般清喉頭的喧聲，已如低吼。菸齡多長時間就牽制多久坑坑巴巴使力的咳嗽，蠻一樣的灌進耳朵。那天開始她真的覺得自己被日常拋出日常，但她不知道先前的日常存放在哪裡？張愛玲名句般「走到樓上去」，實則無可逃。後來也僅是上網買了一台除臭用的清淨機，白噪音式輾壓這條無間之道。

她開始將寫作時間越調越晚。晚到所有的人都安眠。晚到反正白晝物事乾脆的虛擲。但只有寫作的時候對現實毫不同樂，也可以被世界丟失。

他們之間所築構的房子其實早已一間又一間的倒塌了。她翻開卡繆《異鄉人》發現裡頭早已用筆畫下的一句：所有正常的人，多多少少都會希望他們所親愛的人在某些時候最好……便闔上了書。那裡明明白白畫下了她某一刻失去人類情感的罪愆。硬幣壓在紙面下，反覆以鉛筆塗黑，不停接觸摩擦，一邊消逝，另一邊浮雕墨色顯露。她卻從未看清他是誰。

她也曾讀到吉本芭娜娜《蜥蜴》裡的某篇：女孩十八歲時就此逃出一個宗教組織般的村子與拋棄所有家當住進村子的父母。離家到東京，然後長成大人。不再返家。久未見面的父親突然寫信給她。在約定的地點女人猶豫不敢前行。幫人訂作專屬護身符為工作的情人在旁輕聲道：爸爸與弁天堂以及鴿子都被雨淋濕了喲——讀到那一句話，她竟不禁哭了出來。連她自己也摸不著頭緒。

讀過的小說句子彷若預言般的反身向後。從這些對自己的凝視確立自己，途經謬誤，而無法給出一種對周遭相對寬鬆富裕的氛圍。她知道文學並非所有人的人生優位，頂多是自己放大。也無法時常感動得要死。然而她是不是在等待父親能有一個神聖的轉化，一個媲美各種文學隱喻的轉化？

她想起十八歲那年，考進了一個交通同樣不便的東部大學，遂只能由父親開著舊車，將那些棉被風扇等大型物事一併運送。當年甚且是沒有錢買拉桿行李箱的。

彎彎拐拐的長途道路，她正好處於不舒適的生理期。兩三個小時菸味沒有斷過。她在一個可供短暫停車的彎口告訴父親她快要吐了。父親不知有沒有聽見，但他沒有停下來。她便忍不住將頭伸出窗外嘔吐。一直開到學校的宿舍門口。她一卸完自己的行李，他便立刻開車走了。她看見半乾的嘔吐物就這樣黏附在車門上，跟著父親揚長而去。

她希望自己能夠不用這麼迂迴的去完成一道情感，但一個童年週期的結束，卻沒有成年的感情來補充，她所用以長大的韌性，很快就用盡了。到此為止。別離之處與此處沒有不同。父親將在她的寫作裡變成另一套涇渭分明的符號，連綴似近且遠的大片天穹。

而她將那些文字高高掛起，盼待尖角敲破天穹，卻樹上掛滿羚羊的角般，雙腳懸空。只在夜間睡眠時，變回一個內心脆弱的永遠的仔。

青年旅館

五扇漆成藍色的鐵門開了中間兩扇，照進老家裡的陽光與陰影各半。母親坐在流動夜市買來的桃紅塑膠椅上，低著頭，眉頭皺起，拿著小剪刀仔細拆著一條運動短褲的內襯線段。昨夜車好的一批衣料原本已被載送到成衣工廠去，但內襯與外布的配合應該前短後長，母親卻處理成相反，被工廠重新退了回來。踩踏針車時很快就能向前縫綴過去，但一條條線段的重新挑起，然後拆除，卻是加倍的困難。

「一工賺無一包鹽。」母親近日常常這麼自語。

母親是平車車縫的外包作業員，以「裡面的人」稱呼工廠員工。二三十年來，這些成衣半成品總堆積在前廳，陳年的棉絮總是到處沾黏，在高處的櫃子上，或在低處的鞋子上，每日掃不盡。在這個門戶向外洞開，彷彿能隨意被路過的人指點的地方，時間總是陡然地慢了下來。她在這樣的建築特性中察覺自己的堅壁。僵直的性情彷彿與此地互相抵銷。

現在她依然覺得這棟祖父母名下，四十多年的房子更像是一座大型倉庫，寄放著不屬於她們的雜物。也可以這麼說：一窟四處皆醬色，有人住著的廢墟似的。存放了長年都寄生在這棟房子的她們一家。

因祭祀而回鄉的親戚們，從筷盒的一把筷子中獨獨取走顏色不同、她為了自己而新買的筷子，最後沒有還回來。也胡亂取用明明有物主的杯子。連廚房用紙巾都要整數帶走。彷彿這棟屋子裡的能見之物都不會是她們一家的所有物。

父親一系四親等曾吆喝多位友人來訪，母親抱怨他們像住進民宿般的一窩蜂，不問一聲便拿起架上的即溶咖啡沖泡起來，還對味道嫌棄。她以為她能守護的還有她自己的房間。但她不在家時，任何來遊玩過夜的人都可以不經同意地侵入她的房間，或者隨意打開她的抽屜。另一位父親一系四親等邀請與她同社團一起騎車環島的男男女女，中途休息時住進這裡，露營營地般，一行人躺在她的床上或地上，用她的枕頭棉被，沒有重新整理洗滌也沒有人告知她。

曾經一回家，她發現有誰搜括了書櫃上她一點一點存錢，一冊一冊收集的漫畫書，但最後不知為何整個裝滿的紙袋就這樣丟在地上。聽母親說那是父親的允許，讓他們「喜歡就拿走」。很夜很疲倦工作完回到自己房間的一天，卻有很沉很響的男性鼾聲從她隔壁本應無人的房間傳過來。一個說是父親友人的陌生男子就在那裡住了一週。

也有過幾次，父親不經商議便丟棄她放在客廳書架上的書籍、唱片錄音帶，不是因為占了位置，只是他的情緒來去，和他以為的權威。

往後她便明白什麼是「積沙成塔」：一天一天的死亡，不亞於任何死亡。

為了省電省水，所有人的衣物從未分開洗。無論類型，或者顏色，都簡簡單單一整桶洗衣籃的髒衣直接倒入洗衣機裡。那些因易褪色而最後沾染了所有的特定幾件衣物，都必須經歷過一次失敗的經驗才能另外明白。純色變成粉紅花綠，宛若一張張被外力強加轉換，澈底變異了的臉孔，卻十分輕巧無所謂的掛晾在那裡。一整排看過去，那景觀就像一夜之間從地平線那端突然湧來的東西。就像那些不知道為什麼會發生在自己身上但就是發生了的種種事物，倘若能尋出一份原因，不過就是歸咎於自己過於弱氣罷了。一切已有固定的習慣，固定的流程，是母親的不成文規定，後來發覺要改變其中一件，就必須牽扯後面千千萬萬件。她並非覺得這是專屬於母親的工作，只是這個家裡從沒有人比母親更早睡、更早起，也從沒有人像母親一樣，成為她的直系血親之後就一直待在這個空間裡。

再後來，她買了許多細網洗衣袋，當作一種各有各的隔開。就像是這個家的一則隱喻。她想起曾與母親討論是否更換某一款帶有香氣的洗衣粉。母親皺眉，「查埔人衫芳芳，毋是勁奇怪嗎？」她則忟憎母親一直以來的自我限制：彷彿這棟房子的一切都必須綁縛在一起。彷彿家人之間的斯德哥爾摩症候群。

她只說：「為什麼不行？」

她沒有說出口的是：「那我需要與想要的呢？」

或許是這樣，她變成一個很重視物件與界線的人。

又好像在一個親屬、雙方關係裡，只剩一個人在負責。痛苦的時候她的確說過：家人不是這樣當的吧。

無口與隔離的狀態。以為沉默可以在這裡安棲，但喃喃的都是混亂，吐出的都是尖銳怨氣。沒說出口的最後都成了這房子的牆。那些虛構的文字只能一點一點吃著現實基礎。更多的蠶食或啃噬。她覺得這些改寫其實都是非常致命的。

像父親的刀曾砍出一道痕跡，就嵌在一張木椅的扶手上，證明她有過的記憶。有時他把洗好不久還沒晾乾的衣服從大盆裡傾倒在地上，有時把自己吃不完的餘物丟棄在地上，每每需要別人為他收拾殘局。有段時間他著迷於將樹枝切成小段，放在桌上香爐裡燒，自己離開家裡，讓待在家裡的她們只能窒息。生理性的涕淚，偷偷施以物理性干預。直至今日仍可以看見被煙燻得黑黑的天花板。為什麼？不知道。每個人有自己的鬼怪與魔障。

或父親抱著一隻他說是別人送的，已經取好了名字的狗，準備站上她買東西贈送的體重機。那台體重機因母親工作累積的那些棉絮看不清指針，其實擦一擦上面的壓克力板就可以了，他卻一拳擊碎了壓克力板。見怪不怪。反正他也總將一時打不開的任何包裝，大力甩在桌上或地上。世界都欠負了他。幾個月後，那隻每日跟著父親坐上摩托車出門的狗，不知去了哪裡，沒有再回來。

有次在街上遇見父親迎面走來，他卻沒有認出她，宛如路人一樣擦身而過。幾乎像是那種毛骨悚然的民間傳奇：有人說了一輩子的謊，而你一輩子從不真正認識這個人。總是讓東西消失的父親。她就活在這樣的故事裡，若無人想要交換，應該也不算平庸。但她以為這些都是屬於低度的創傷，只能回到自己的房間裡，選擇關上燈，或閉上眼睛。家應該是一個能夠獲得心理安全的基地，但。好像她們的日常風景到底就是那些微小的歷劫歸來。只是彷如母親車過的衣料，外與內混淆了般，翻了過去。

她也彷如在一份虛構故事裡，浪費全知視角的讀者，就算事件明明白白攤開在那裡，她也仍然無法理解，完全不能理解。每個人都是第一次過這次的人生，沒有引路，回到一個蒙童般狀態。

•

只要聊到所謂的將來以後，母親就會問她現在還要「讀多久」？母親中學畢業，一直是手工勞動者，多年的經驗卻無法有效的積累。絞在一場彼此傾軋卻莫名存續的婚姻裡。雖然怕她重蹈自己的覆轍，但還是希望她趕快進入婚姻。而她若干年後重新回到學校讀書，是以為往後永遠孤身，或許能有其他的職業可能。但依然住在這地方，就意味必須在單日內往返三座不同的城市。

從東部、北部，一直到西部，計算時間與距離的花費過後，開始選擇每週裡有一日，提前一晚住進台北的青年旅館裡。

訂房網站上找到的第一間青旅，位在西門町的食街。在有一般住戶的舊公寓裡。一樓進來右邊隔出一小片地，原本應該是保全的櫃檯，如今堆滿了用紅白塑膠袋包裝起來的雜物。一台老舊映像管電視機。電風扇橫擺著在地上。公布欄上貼了一張些微破損的靜思語。一張恭賀新年的大紅印刷春聯。一些累積至今的公開齟齬與住戶紛爭。而這些物件裡有屬於人們過往的故事，卻也有總是囤積舊雜物的老家既視感。

九樓公寓共用的唯一電梯門開後，便是一長條櫃檯。燭光極低。周圍擺滿旅遊宣傳品與明信片，立面展示了某訂房網站的評價分數。她沒有什麼旅行的經驗，甚至高中之後沒再參加過畢業旅行，一方面怕人多，一方面沒有錢。那是第一次到訪青旅。穿著黑色套裝的短髮女孩俐落地向她要身分證，帶她跑完整個入住流程。她便成了女性C室五號。用三百多元交換能躺下歇息的台北一夜。

遇上過於熱門的假期時段預約不到西門町的青旅。第二間選擇住進的青旅在東區。住宿費是西門町青旅價錢的兩倍，但包含免費取用的早餐（雖然六點多就要退房出門乘車的她通常吃不到）。間雜住過台北車站附近的幾間青旅，節奏更緊張急迫些，因為轉車方便，評價較好的幾間訂房也更困難些。時不時遇見來台跑單幫的代購者，將大行李箱的東西一件件鋪平在房間的共用走道，只說聲 Sorry。

每間青旅的空間設計有所差異，入住流程大抵相同。她第一時間總先巡視一下交誼廳，去到新場所總先找好垃圾桶、洗手台。青旅的空氣裡總會讓人想起童稚時期養過的蠶寶寶與桑葉，充斥過度清潔與過度冰涼的固定氣味。像她毛織棉料衣物上老是吸滿父親吐出的菸臭味，浸骨似的。旅人們吹著頭髮，淋浴間留滯著轟轟的熱氣。

打開了各種旅行用包裝的她，明明延續著原來的自己，卻也感到一種生活的變形。感覺到了不同的空間，就在裡面變成不同的人。

在不同的空間，就放進不同的自己。

有次，她同樣在清晨六點起床梳洗，對鏡整理衣著，一個白雪頭髮的熟齡女子，和善地向她搭話：「天氣好像越來越冷了。」女子的語氣中帶有適切的距離，她一時沒有反應過來。這個看來不像背包客，也不像來家族旅遊的白髮女子，視覺年齡很接近母親。不知女子為何也選擇住進青旅？因為她幾乎沒有在任何一間青旅好好睡過覺。常遇見那些太將青旅當作「自己家」活動的旅人，總希望一切壁壘分明的她，在這裡實在太難了——有腳氣的室外鞋拿進沒有對外窗房間的人；在禁止吃食的床鋪上揉著塑膠袋吃食的人；整夜不停刷刷拉著某條行李或衣物拉鍊的人；每動作一次口袋裡的零錢便互相碰撞的人。每個房間裡六座腔室般上下構築的單人隔間，一九〇公分以下才能睡的床，只要有一個鼾聲如雷，耳塞也無法屏蔽的一夜旅伴，她便無法真的睡著。天方板上方總有什麼掉落下來的聲音，加以不能睡過頭的不安，她往往只是待在黑暗裡，壓抑自己的不解，放平了自己的骨頭。

她不知道白髮女子是否和她一樣，是無法停止漂浪的人。她只向鏡子裡的自己點點頭說，是啊真的好冷。她曾經想記錄下什麼，但不管怎麼重新描繪都有種不在現場的感覺。她有時也覺得已經沒有餘力再去傾聽他人的故事了。敘述，與敘述他人的敘述，都好累了。或許是知道倘若還有機會，交換的將不會只是各自的故事。說的出來的都能成為故事。但如果缺乏語言系統的完整表達，是否永遠無法讓人看懂那些藏身在淡漠臉孔其後的痛苦程度？母親大概是這樣的吧，只是倒過來成為一種誇張敘事的演出。而她的沉默不語也是。

她們每每無法將話題延續下去。母親曾疑惑：怎會生出這麼「無仝款」的女兒？她知道那些自己絕對不會對孩子說出口的話。但她卻無法阻止母親對她說。她不想用一種故事化的虛構語調去提呈，或許她也害怕發現自己是被自己的故事吞沒的人。

天上的雲，地上的泥。她以為生活應該是自食其力。但這些不知意義之微物，卻輕易使人全部歸零。如同某日預想申請學校宿舍，但學費、學分費加以住宿費，過於龐大的金額，她無法一次全額負擔，遂到某家銀行申辦人生初次的信用卡，試圖分上幾期零利率，加減延後付款。其後兩週，接到了一封電話簡訊：「本行依您申請所提供的資料，經電腦系統綜合評審後未能核發，特此通知，敬請見諒。」她走到提款機前，一張卡片一張卡片的查詢餘額。她不知道這樣一個制式女聲：「請選擇餘額顯示方式」，滋滋遞送「請收取明細表」的重複行為竟會讓人感到心酸。存支相抵後，月底三個戶頭加起來不到一千元。但她後來也學到郵局的提款機可以領出百元鈔。領出最後的三百元，鬆了口氣，剛好可住台北青旅一夜——可以說不算窮還有三百元不是嗎。

她記得先前在台北租屋，看房時，其中一個房東要看工作證明文件，還要成年很久的她拿到雙保證人意即家長的簽名，不斷強調絕對不租給年紀過大又沒有正式工作的單身女子。抑或在某夜，她走往西門町青旅的路上，發現眾人圍觀一西方女子，她絲巾蒙上雙眼，微微張開雙臂。地上置放紙板以英文寫著：Maybe you want hugs? 下方漏了筆畫的中文寫：「也許你想要擁抱？免費。如果你能幫助我在旅途中捐錢。」這些西方意念總以為你情與我願便能以一次性的擁抱交易短暫的居所。

在青旅終於累到睡著的某天，她夢見在黑暗裡打破了東西，卻找不著碎片。但她已經是成人了，她以為她可以自己丟掉不想要的東西。她卻只是不斷離開無法屬於自己的房間；不斷將其視為過渡的、不重要的時間。

像這幾年母親對她抱怨太多次：這輩子什麼都沒做，怎麼就忽忽老去。遂開始要緊起她坐三望四的身體，暗示她快來不及。在這個被認為懷孕生子的難度逐年升高的年紀，她漸漸察覺到一個被拓出的空間，脹大的氣球般，外部是減不下的腹肉脂肪，內部是溫暖子宮。子宮與房子已是過於舊式的譬喻相連，就像身體的故鄉與鄉愁，而她早已忘記曾經來自怎樣的子宮。像她明明在家卻時常帶著想要回家的心情。

所以她只是說出了平常會說出口的話：「我還沒有這個打算」。
從來沒說：「拜託讓我從這裡逃出去」。
鑿刻在某種唱盤似的。一次又一次地迴轉。
有聲音傳過來：好弱。好弱。你實在太弱了。

這不是一個「發生了什麼事」，幸好走過來了的敘事，而是一個寫到後來，該平均分配好的比例全部歪斜了，現在仍在發生，或許未來也仍然繼續不變的敘事。

下課回程，重新經過台北，示現在她眼前的，已像是烏比莫斯帶般的熟悉風景。窗外全是黑色的畫面。她不知道能祈求的遠方有多遠，能踩出一個轉圜的餘地？還是換了一個形式卻留在原地？就像她在一份寫作補助的申請裡，發現自己快過了社會的青年定義；就像她已經過了青年時間，卻仍然只能選擇住在青年旅館裡。支付一天就只能住一天。

她夢裡的地址已經成為她現實裡的夢。她有時會想起母親說她已經「沉到了底」。就好像她們是不值得過好生活的一類人。但即使躲在階級的名義下，她也不知道這種生命到底經歷了什麼？而她也不是為了覺得自己的一切都算「可惜」，才繼續活下去。

還在她生活裡的，已經不在她生命裡。她們只是變成了不共享未來與日常的關係。不是只有消失的才感哀傷，在身邊卻想讓它就此消失的也同等哀傷。

好可怕。她無法想像從哪裡到哪裡是束手就擒的她的命運；哪裡到哪裡是可以調動的她的意志。降下來了，就是永遠地卡在那裡。她們都仰賴那棟房子維生，所以只能消去自己。永不能修復。彷彿再無別事。噠噠噠噠。如同踩著針車的母親一次也沒有理順自己的人生。

她並不想知道她們這樣重複的線段會有多相像。但她沒偷懶。不，或許她與母親都沒偷懶。她們只是將臨頭與即身的各種問題暫時先保留，擱置，不知怎麼去處理。那就像會發生在誰家的故事一樣平常。那就像在某日訂房，她發現自己被網站列為等級二的「旅行常客」。

突感覺到一個不能僥倖的時刻，卻僥倖且奇妙的過去了。

沙丘特許時間

針車停止運轉，母親暫時離開座位。已完成的各色衣料綁上布條堆疊成垛，宛如沙丘。工廠老闆不定時地開著小客車風層般過來，剷平之後重新添上新垛。有時衣帽，有時裙頭，有時標籤，每個人輪流接力地組裝成新衣。

腳踏篤篤車針上下幾道，一件三毛至五毛錢，每天日夜幾乎十小時地把時間踩進去，每一道都是構成生活的線段。

這是一個沒有任何孩子能在其中快速奔跑的地方。

她一直坐在母親身後。尚青春的狗兒在旁邊歡快地甩弄著碎布，那是牠唯一但能不斷替換的玩具。她與她幻想的朋友一起從幼年坐到成年，拂去周身蒙上的棉絮時突然覺得，這或許就是一張她曾經想拍下的——沒有我，卻又包括我的照片。

母親帶著自己的沙丘移動，哪裡也沒能真正抵達；母親攤開手掌指出哪裡已經沒有光，哪裡已經變成匱乏。母親說沒想過時間真的這麼快她就要這樣如此風乾地過完自己的一生。而她也承繼了那樣的匱乏卻執意遠走。她以為她們如此不同。宛若母親總檢視縫線的順當，在乎平整，即使那些衣服是她從別處購買回來的。她卻喜歡刻意不對稱的剪裁、拼接、解構，總是些許歪斜也無所謂。

她們如此不同。不會是手邊這些批量生產、格式相同的成衣與品牌織標。她只是想極為普通地描繪一種人類領域的勞力工作。並不想作為任何生命的隱喻。

直到她曾經存在的地方輸成了檔案，將學歷經歷列印出來，一份一份遞交給城市裡的大人。面對面被質問為何擁有一模一樣的匱乏卻不去填補時，每答一句她的嘴裡就摻進了一粒沙。所有背景籠了上來，解讀她沉默的臉孔卻讀了出寒氣冷氣傲氣。其實只是生出了恍惚，好恍惚地面對眼前事。

更多時候心裡默念：請別在有限的想像裡將人趕盡殺絕。手無寸鐵卻感應了他人所願；對話開始傾斜，卻斜向她沒有要傳達的那一邊。手握隱形的刀剪，做出姿態將話頭截斷，落在地面，重的成了一處凹塌，悲傷從那裡踩空，那份「日後定會」就此在那凹塌裡徘徊。

譬若因太過接近從未離開，而無法真正心生親密的物事，只好看來表面無波保持了恰好的距離。鍾鍊赤裸，織些謊言；譬若家的荒涼、身的鏽蝕；譬若困阨，抑或倔強。如電影《觸不到的戀人》裡說人類無法隱藏的三項：噴嚏、貧窮、愛。

她的成年人生竟成了徒餘旁註的成年人生。日日拉出許多直線來寫下旁註的生活。一種註腳與腳的生活。就像有天她過道書店，隨意翻閱了一本名為《白垃圾》的書，書裡寫著那些美國社會不見容的，被蔑稱為「白色的垃圾」的夾縫白種人；將那些生來便承繼了底層階級與經濟窮困，於生活無法自理，於道德界線無法確實明白的孩子謔稱為「吃土人」、「沙丘人」。

站在那裡的她，感覺身體從腳開始碎裂，慢慢往上積起了沙。直到胸口塞滿了沙礫。她知曉自己的生命就建構在那如流沙的地基上。也知曉了那座沙丘終有天還是會跟著跋涉過來。宛若車針下的那直線還是跟著車接上那前方，遂真的連結或影射了什麼——「我」與「我們」也確實的在那照片裡在了。

只是她想請求神啊再多給一點能被遺忘的時間，在那初初專屬於她的特許時間裡，尚能假裝從未發現：原來難有另一種選擇；眼前將要展現的世界裡，再也不會有人祝你各種快樂。

環形廢墟

那時當真以為自己是餘留在過多的時間裡了。碩班時期總一個人遷移，各種原因每半年到一年換一個居所，螞蟻般馱著自己並不細也不軟的行李。拱起背來，一趟一趟，搭著公車，一點一點的搬運。從彼處減少，此處增加，簡直移山一樣。告訴自己離抵達什麼可能非常接近了，又這樣相信了自己的謊言。

總是從一條街到另一條街，腳底敏銳了起來，然後因過於熟悉而又漸漸遲鈍起來。時時發作一模一樣的事。有時會誤以為是自己給的，專屬於愚笨的自己的同一種懲罰。

還被允許填塞大量的書本，檢視知識的種子，對著電腦螢幕上的空白，用手指頭說點話。然後又不停地按下取消，永遠比真正想要表達的，剛好遲了一些。偶爾當我注意著從離群之處所湧生的一片模糊，就會意識到那將是世界所要展示給我的：無所謂有，無所謂無的東西。

在得以成眠的日子，我渴望躺下後，有誰能托住自己的腦袋，從後方拉出一朵什麼花來；而在那些多半無法成眠的夜晚時分，我一個人在同一條街上晃蕩，日日短遊。

那時在學校附近，那條簡名稱之清夜的食街，有一棟小小的時光之屋，營業至夜半，三層樓建築的租書店，夜出的人們時常聚集在此。這個空間似乎被贈與了可以與哪座城市都全然無關的，千百種生活。譬如一群人的孤寂所應諾的，暫時的親密性；譬如示範一個人在凌晨一點獨自活動，如何完全不為難。

環繞著四周，雙層的活動木頭拉櫃，等待著推拉過來的人走開，再推拉回去。一樓被擺放的各式影碟，標示著能被借閱的期限。最外圍誕生的日子最短，能帶回家觀賞的日子也是最短。樓梯向上，一隻鞋底便占滿一整格階梯的窄仄。那裡用刷白的木板隔出幾櫃，貼滿海報，放置很古很舊的日韓劇。二樓三樓是漫畫、大眾小說，也提供座位內閱。

櫃檯店員有時抱著一落漫畫，咚的一聲就著桌面齊整集數，然後幫忙裝進塑膠袋裡；有時雙手剝開塑膠盒裝，在我身後發出啵啵啵啵的聲響，把碟片嵌進去。每嵌進一次，我心裡的節奏就跟著跳一聲。原來可以喧囂的空間，誰都只是圖謀一絲自己內心的靜默而已。

然而，也會有感覺某份不知名的心情快要被移轉至日常的時候，就像錢幣正要墜入一個剛剛好的洞口。我走在路上，弄不清咬著腳趾的是那一條路，或只是那一雙鞋。雙腿像未充飽氣的橡膠充滿皺褶軟弱了下來；在痛的到底是自己無法提及的某一個人，抑或是不想被任何人提及的自己？或者僅是徹徹底底的每日獨行，沒有任何一個真實的人在身邊可供繪寫。什麼都沒有。連一張面孔都沒有浮現在眼前。整個人飄飄忽忽，又想離開一整條街。

我們的存在，盡是塵埃，竟也時常成哀。

因此，在白日上過整天課的夜晚，回到沒有網路的居所，其實疲累了，還是能對著螢幕，澀著眼，清醒的看完整整三部電影。以為獨自陸上行舟。或像單向的愛戀，癡心一片，細數著一片一片，又再一片。或者再遊戲著雙關：時而啟悟，又時而起霧。幾乎夜夜夜狂。

現在想來，那或許都是些能夠長為成人的日子，卻在凝固的中途被意外摻進了什麼般，顏色也好，質地也好，遂滑溜溜的永不成形了。又或許那只是一段短暫，天空也似的、泥土也似的時間吧。

像紀錄片裡那個到南極旅行的俊美男人金城武，側著臉說「我也總是孤零零的」。他站在那裡，長久凝視著死去海豹的屍體，以為那是獨留給自己的信息。「那是那個年紀一剎那的真實。」十七年後他這麼理解被記錄下來的，年輕的自己。

而我想到了已經有過的那些階段，還有所有背反卻能共處的往事。像活著的本身就勢必聚攏的各種死。

《公主與戰士》（*The Princess and the Warrior*）便是那時遇見的電影。每個人都有自己的死在那裡。像誰寫過的那樣，每個人的死像一顆藏在身體的果核，有的人較大，有的人較小。電影訴說著那些傷害，訴說著傷害人的同時也讓自己受傷害的人。一向很靜的精神療養院護士西西，與總是莫名流淚，夜晚夢魘的退伍軍人波多。他們的人生都需要太多的旁註：彷如只有自己的白晝是壞的，希望星星都最好滅毀。

波多告訴走路過街，被失控的卡車撞擊，躺在車底的西西：「我馬上回來。」他信守了他的承諾。他切開了西西的氣管，讓她呼吸。西西聞到他身上的香味，想像他口中剛剛含過的薄荷糖。她對自己說：我覺得人只要不落單，有他這種人存在就能找到幸福。復原之後，她把自己全部的心意封存在喉頭那道傷口裡。

提克威或許是最會拍攝奔跑的創作者，成名作讓蘿拉不停奔跑，不同的機遇，組構不同的結局。而蘿拉變成了西西，還是踏破了鐵鞋。四肢只是四肢，她做夢。喉頭從此有了河流，將思念忍在一顆鈕扣。她堅持找到那名男子，堅定回應他的拒絕：因為我總是夢見你。我想知道這是巧合或命運？

他們心裡的死亡，各自摺疊成最堅硬的紙，卻幸運地被攤平，被一字一句地翻譯出來了。

而我擁有的總是新簇簇的難題。我終究孤零零地走出了那裡，離開了那一條街，盼待著能被誰翻譯，抑或等著追問命運：自己的巧合究竟在哪裡？

人形師之夜與日

日常裡的微微遭災，後來就湧生了星星在原來的軌道卻倒退著行走的這般理由。即使並非真的向著後方退遠，只是觀看位置的差異造成了錯覺；即使全然不懂星星的運轉，也能明白就此擁有了一份受制，但得以盡情依從的情感、帶上體系的安慰。

那些厄禍全化為暗色，幻燈膠片般顯影出來的，幾乎都是叫人哀愁的後見之明。但為了讓自己再好過一些，就這樣將責難歪歪斜斜地傾倒了。簡直所有人都在那樣的時間裡，長出了一模一樣的臉面。擺出相同的姿態，特意的信以為真，一切凝止的發生，阻滯的交通，不可圓的就都成了情有可原。

例如連續的假期因風雨突襲的日日盡失，或是書信裡始終無法寫出來的第一個句子。重複不盡的言語往返，青蛙聲般的對談，比平日更感到混濁與疏遠。原來我並沒有更疲倦，因為自己時常的格格不入，並非只在那麼一小段時間。只是有別於以往，情緒多了出來，比平日更不輕易相信一切的宣成與展示；亦不輕易相信那些他人言語，為他們自己所塑造的，果凍般凝固成塊的好品質。

為了避開談及真實的思緒，讓話語像開水般被慢慢搖開，在水杯裡循環繞圈。然而有時卻感覺希望能被勻出來的理應如此，竟是一點空間都沒有餘下了。

在某段期間限定之內，一刻皆無法消停地，讓所有的壞過程壞結果承受字面上的一切意義：由於逆行之故。也將自己像水星逆行一樣的歸罪，或對終歸的徒勞、毫無作為起了矛盾的允許之心。

這裡面其實附著對恢復原狀的祈願：總覺得無論如何，結尾會給上一點寬綽的。又感覺像是借用了一個期間限定的他人之運氣。好像是所有疼痛都可以像星星回到正行般，返回一個復原的場所。一面護持，一面延遲，即使很遲很遲，或許還是可以將不可復原的，找到另外一種方式，取代復原。也因為很遲很遲，時間模模糊糊地抹去了泥土與金沙的界線。

在摺疊又摺疊成堅硬的大人時，即使不敢苟且，應該也夠一點時間的餘裕，獨給一份傾慕，做著渴求的夢；或者仰望一件難事。然後等待，竊自相信著定會、定會到來的回應，直到連從臉上流下淚水都沒有餘裕為止。

那或許也是一種咬著牙，約束般的交換吧。

某月，又有了長長一段水星逆行之時。夜半他人睡去之際，我清醒著敲打著文字。調整不回來的日夜顛倒睡，把對白日疏懶的心虛，用一字一句來交換。一日晨起，最後一次確認後便打算寄出。開啟檔案後，眼底便瞬時斑駁了起來。緩然知覺：那份未完成的將已完成的文稿，連同備份一起，非常安靜的覆蓋了。雲端上的檔案停留在第十三次，沒有最後一次。修改的位置留下了印象，至於用了什麼更適切的字詞卻是一點也想不起來了。那些日子與日子之間的細微調整好像消失了。就像拿了什麼東西換取，卻全都意外地折損了。

某部漫畫故事裡，那些昏迷者、逝去者、總之是動彈不得的人，許下了一個一生一次，最誠實的願望，便得以向人形師借用一個人偶，換取木製的軀殼以行走，填充其血肉以像個真真正正的人，無論自己是怎麼消亡的。只要延長一點點時間，為那些以為不被愛的，抑或活著如死去，再也不愛的人，傳達心之所繫的最後一句話。這樣的交換，也讓心心念念的那些記憶之事，不再轉為懲罰，藉以轉成希望的螢光。只要實踐這個，只要再做一次，每一種傷痕都可以好了。

或許對我而言，寫作就是可以將借用的一切毫髮無傷地還回去了。像人形軀體上的木釘般，交換關節上得以自由活動的轉折。

我也有一生就一次想要交換的願望。

或許有時我並沒有真的記住某些事，但這些從前看過的故事裡，其實交換過我最純粹的、年輕的眼淚，與初次心的碎裂。至於在日日夜夜的逸散中，有些空洞無從遮掩，最終可能也無法再交換什麼。只剩獨白。這點我偶爾也是會明瞭的。

命裡缺我

的確也還是時常有那樣的誘惑存在，有的時候她會覺得卜算之類的技藝是一種仰賴他人的願望。從未正經坐在小攤前，扎扎實實地被卜算者面對面傳遞過一次天機的她，不免也覺得某些人事在她的生命裡早已底定。像是一種個人命盤施予她的結界。

她不被卜算，那是因為她是一個喜歡以虛構的方式被偶然看到的人嗎？還是因為她害怕一種剝奪感，如同日日以隨機與巧合得到某種安慰的自己，提早明白那些註生註死的必然之事會否提早癲狂？她還能直面那些不願意的人與不願意的事嗎？而那會是一種創造與摧毀同等強壯的情感嗎？

倘若占問，她覺得那一定會與她在長久的寫作裡問的是同一個問題。像她三十數歲的痛苦竟與十來二十數歲時的痛苦一模一樣。

她無法擺脫微小的敘事，也不能假裝自己從不渴望：有人會、會看見我的珍稀性嗎？我是否能擁有這樣的好運氣？

等待一個人對自己稍微擔心，竟也是需要一輩子的事。

然而，每當壞運一再來臨時總想起黃碧雲如讖言般寫：「如果我經過橙樹，那盈盈綠綠的橙樹，如果橙跌到我的頭上，我就會有好運氣。這是我給自己的占卜。但橙跌了一地，都從來沒有跌到我的頭上。」這種給自己的占卜她幾乎日日去做。就好像這一生只等待一念瞬間的錯覺發動。

某夜，她與逐漸相熟的兩位友人，有了一場晚餐聚會。她們都寫作，都還焦慮於自己進行中的學術研究，盼待懸置已久的工作盡快結束。她們抓到一些話語與表面引起的波紋，彼此提問，講性情，把人與人之間試圖處理得更精細一些；也談了取悅與應酬他人的方式，其中的不安全或不舒適。如何擬態生存，從過去一些希望與失望的經驗裡重新向對方介紹自己。

當然也動用各種織線，談命裡之事。從星座開始，她們仨標示了太陽、上升和月亮的所屬。話語其實並不稀薄，但她們刻意說得很輕，很玩笑。好像只是把那些生命裡軟的脆的不輕易的，弄得硬些也模型些，放進比較不遭嫌的那種解釋裡。即使她有時會想逃出各種關於人的分邊，害怕被框限制域，被收納在同一種類屬。

進階些，不免也好奇友人N近日算了命，第一反應便庸俗問及準不準確？N笑著告訴她：最壞的事情還沒有發生。

她們也談人類圖裡生產與投射，那些邀請與召喚，以及那些如同地下室與六樓之間的夾層關係。那些與環境相呼應的種種，就像在門戶網站輸入自己的名字般，拖帶著不同的關鍵詞組，就幾乎可以概括你這些年來的風雨。

每個人同樣有大限之日，對世界生產而後一樣的走向死，但是你一世人就接近或選擇成為什麼樣的人。

她告訴友人自己其實對遠距離與近距離的人類皆已缺乏適當的戀慕之心。她說自己或許是最渴望有神的無神論者吧。同一道困難她求教過許多不一樣的東方西方神，但即使被允諾也從未被實現過。這往往令她懷疑自己是否真的「在現場」？大惑不解的時候，她會就近線上抽靈籤卜聖卦，望文生義，然後一再重新開始，直到得到約莫是：你早就知道這問題的答案不要再問了的籤義。像開了複眼的狀態。她同友人說，那些承諾實在太久了，久到什麼也沒能發生。她們遂以有趣的話語安慰說，也許是那些神佛正在上面打架，決定誰應該先幫你。

在那晚四個小時的談話過後，她有了一種屬於此刻的察覺，以及在此間逐漸意會之事：人們總從那些無明災禍裡尋找讖言，迫使他們殷殷發問，或書寫下來的祈禱，指向的不過就是同一種關於生命的冥合。如同她所著迷的：將純粹偶遇視為指示訊號，彷彿將「我」的概念在更小卻更尖銳的世界裡移動。但或許對她而言，最可信的敘事就是告訴她：明天再明天仍然會有痛苦存在。

寫作原就不是順應自然之事。寫作也時常不從己願。寫作不一定能使人愛你。你在虛構裡感動他十分的人，在現實也不會反愛你一分。有些逝去的東西在那失眠夜裡，在她的眼睛後方趴搭趴搭的響著。那時她會覺得藝術裡有難看。夢是來自於對現實的不信。人的一生就是應證了有詛咒，只能臣服於運氣的鉤爪之下。

只是為了人品不過業力引爆的自己，她寫作，將無法消解的痛苦小心翼翼轉個面目寫進去。倘若每每決心放棄又不斷死灰復燃的書寫同是她的宿命；倘若真有從文學滋長過來的自我占卜、自我勾懸。

黃碧雲後來在《沉默。暗啞。微小》裡這樣寫：「如果生活發生的事情似曾相識，像一個我寫過的小說，不是因為我聰明或有巫靈附身，而只不過我老早跟命運打了個照面。」

而她老早被人多次拒絕了她的哭泣，因此不再渴望日後將那些過往痛苦一併拉直。

她想，任何修復都比較接近上天的工作吧。如伍迪・艾倫的電影《魔幻月光》（*Magic in the Moonlight*）裡，讓她笑出來的一句：「唯一會現身的超能力者，只有死神。」

做為一個人類的維修，她只能繼續選擇某種現有的技術來復原自己。

那大抵就是依傍文學作為預言占卜的榫接支架吧。

像她近日因緣際會重看的《愛在黎明破曉時》（*Before Sunrise*），Jesse 對 Celine 坦承：他這一生寧願為了一份實實在在的技藝而死，勝過一份溫暖的愛情。Celine 想了想，說了一個老人故事，告訴 Jesse：「如果世上真的有神靈，它不在我們身，而是存在我們之間的這方寸之地。」（來回指向 Jesse 與自己。）

「世間要是真有某種魔法，一定是產生於對理解與溝通的不懈嘗試……答案一定就在這無盡的嘗試中。」

當她與命數真正照了面，會否終歸是：從她不再寫作，便是她停止容受自己，停止複習傷害，停止再詮釋這一世人降生還有何意義之時。

這答案很難。

佛系忘形時間

黑鳥的影子被什麼風一引而過之時，都可能變成任何一次眼睛的痛苦。以為經歷了的不過微塵，有時又會浮雕般凸出於地面，於是不禁在日常裡絆倒。

眼淚若是成了這樣情感的探針，偶爾便需要在遊戲似的變體裡稍稍擱延一下真心，遂也有了能再等待一會的託辭。

無非是性情乖張，抑或那難過稍留有餘裕，宛若網路上那些以生活裡的吉光片羽轉製而成，以不安與困疑所復刻的梗圖迷因，伴隨著逐漸疲乏的彈性，風潮過後或許費解，會心的時間短暫限定。

採擷命途裡的浩劫，像某種撫慰同類的贈物般，只能願君多采擷，此物最傾斜。

長方體的即溶包上，堂皇地引出一道虛造與善意連結的傷痕般，請由這裡撕開一條可以親近的微小路徑，如此將會為每位使用者縮短一小段的時間：能更為快速地傾倒出所有，即使少量，而且單向。這些已經研磨到沒有什麼粗礪，功能幾近同一，只為了能被即溶於熱水的各式粉末，把懸浮攪成混沌而逐漸以百滋百味現形。不知誰人靈光一現地創生了另一種開啟的方式，不再僅是苦而拙的手勢，然後毫不靈光的全然毀壞。

那看似隱匿的路徑，既有著每道傷口的獨立，竟也有了相銜之處的完整包裝。

但如何拒絕任何的遇合都坦現同一面詮釋，如同抵禦一個過路陌生人給自己指出舊傷？

某個氣溫極低的濕雨冬日，她坐在北城的轉運站內，等待一班往西邊的長途巴士。身上揹著大行囊，還有一隻二十多吋滿行李箱。行李箱上還是從另一個城市帶來的水珠。她已經因為疲倦失神而錯過前一班。一個走過的，輕裝，身體與面孔都是普通線條的中年男子，瞅了一眼，隨即對她搭話。她以為問路，遂拿下塞著的耳機。於是他在她面前，開始操演一場語言的技藝，提取一份可能的恐懼，將一個無名女子的臉面輪廓放進一個星盤，將她唯一的這樣一次生命，以同一套敘事方式隨機闡述，言之鑿鑿看見了她的晦冥與憂傷。

而她對於男子不斷誘引她交出時間，交換細節，只是面無表情的以話語推離，開啟了掩覆自己的隔閡狀態。他則試圖再以某位無名女子的故事為實例，指出自己的話語真的準確，有這樣一條明顯的命運跡線可供對照。

她明白依存著什麼便能集中於活下去這件事，也明白那份能有人刨開那些厚重的層積物，將城市的植被當作紅毯上演仙履奇緣的冀願。
她卻不甚明白：為什麼只因她一個人，一個人坐著，毫無妨礙，就必須與這些比喻物相互指涉？

就像昨日理當被跨過，他如此述說她的缺漏與淤塞，說法裡的完整都是同一種向世界獻媚的概念，而不敢相信有人習於將傷口放在刀子行進的方向。

她想起過去千種獨身而遭圍困的經驗，冷情告訴男子她的時間有限，而巴士即將進站。男子遂將一枚銅鑄幣塞至她手心，圯上老人般，祝願她今年喜歡的任何人都能夠喜歡自己，並暗示以此換取一點應得的報酬。她理解這不過是他人詮釋伶仃的某種版本，所以她永遠不會覺得剛好和命運打了照面。

她的確渴望擁有一次徹底忘形的時間。但她不順隨情狀，不擊鼓鳴冤，不顧黑影落漆，不管此生失真。她不知道還有什麼辦法。

不提絕緣，自然有人將你的土星環帶層層撕開；緣分到了，自然有人能撥動你手腕塗畫上的時針。而她也不再，不想再為自己的不被誰愛向世界致歉。

無形雨之夜

忘了是土黃還是米白色的黏膩地磚，地磚之間的細長縫隙有些許泡沫還留在那裡。蒸霧煙氣大面積低低地升騰。腳底總能感覺到一股熱。穿著的運動鞋慢慢地被汗水浸濕；沒怎麼移動的雙腳，像是從一小塊地方開始然後終於被侵蝕去了一大片。

你站在兩個連結一起的不鏽鋼大水槽前。一個水龍頭打開是冷水，一個水龍頭打開後是很燙的熱水。水槽裡堆積的是每隔一小時走出廚房，從餐廳碗盤置放處，用紅色黃色方型塑膠盆捧過來，沾著一點食物殘渣、黏附人類唾液的自助餐盤與碗筷。有時你捧著塑膠盆穿過中間的走道，正巧遇到過來用餐的不相熟同學，就十分有默契地視線垂下去，不打擾彼此。

後方傳來幾位女性的大聲交談，抱怨著近日發生的人生破事，穿插說著一些表面與背面的故事。她們都穿著相似的黃色膠鞋，戴著橡膠手套。你與一位年輕女性共同作業，聽說她從越南嫁到台灣來不久。一人一邊做著重複的勞動，先用洗劑刷掉油垢飯粒，菜瓜布刮過碗內碗底，然後遞到熱水區去，再重新沖洗。你手上那雙桃紅橡膠手套，是裡面一位阿姨借給你的。用熱水沖洗的時候，那水溫讓裸露的雙手實在覺得燙得受不了，很快就變紅，只能拿著餐具的邊緣，在水龍頭下換邊旋轉。而你唯一的廉價運動鞋後來，很快就霉爛了。

「沒人告訴你要怎麼做嗎？」阿姨問你。她指的是穿膠鞋、戴手套這類基本工事。你搖搖頭。你不了解。你只是一個拖帶著過往到現在的窮困在自己就讀的大學裡應徵洗碗工作，因為可以領周薪幾百塊的打工仔。但你不知道如何說起，聽起來才不像交換自己的人生祕密。

打完工的晚上八點半，可以取用餐廳裡免費的一頓晚餐。自助餐區每一個不鏽鋼盤上的菜都所剩無幾。結帳區有時是工讀生，超過工讀時間就是面無表情的老闆坐在那裡。不好意思因為一頓免費就夾那些單價高的肉品，稀稀疏疏的各自夾了分量一兩口炒青菜，向老闆示意後一個人坐在空空蕩蕩的用餐區。

除了中學時的營養午餐，高中約有半個月與同樣沒錢的同學平分一顆福利社便當，大概重新明白了食物的蒼白與冰冷就是那時候。

多年後，你看著一部名為《我的大叔》的韓劇，裡面看似富足擁有許多的四十多歲男主人公，與背負著還不完的債務，四處搬遷，且曾有過實際罪名，年紀二十出頭的女主人公，像這邊與那邊的相對。男人對著欠債躲人，只能連床帶著奶奶從療養院逃跑的女孩提醒，政府的某項法規可以如何讓她獲得應有的協助，對她的一臉茫然，他真心疑惑：「連告訴你這個的人都沒有嗎？」

你在心裡回答。沒有。謝謝你願意告訴她。就像研究所畢業後替某位教授工作，時常替他訂旅程的飛機、高鐵票，某次他訝異你竟不知道 visa 卡和 master 卡是不同的，你只是根據他給予的數字資料直接的填寫，老實說至今都沒想用網路企圖查明差別。沒擁有過的東西，總習慣將這些內容先擱置，覺得應該可以暫時不知道這些消費體系怎麼在世界以它的整份系統連接與運轉。除非這些突然對你有了意義，或成了一種關於生存的反射裝置或技能。

就像不到二十歲的那時候，你不能確知也無法相信這個世界還有些別的什麼，而那個別的什麼可以幫助你。母親只是要你自己打電話，極為羞恥的向某個親戚借你的學費。這種無知在往後標誌著你的生活。

•

你畢業多年仍可順口說出二五一公頃的校地面積。那時學生還很少，每一年你排隊抽宿舍，四年來就住在名為仰山的不同房間裡。三位室友帶來各自不同的日常習慣，有人十點之前必定躺進上鋪的木床，關上大燈。未眠的人就開著書桌前的小燈，在黑暗中獲得一點光亮；有人一整夜一部接一部讀網路上的言情小說，荒廢了課堂與考試；有人以鍵盤對著螢幕嘈嘈切切，夜半在房間附設的浴室用力刷洗，淺眠的人都知道她在洗身體哪裡，擔心過分僭越又企圖阻隔想像，總睡得不穩。時間各自雜亂，適應著彼此的生存，宛如不同的生物擠塞在一個過小的窟穴裡。很多時候，你真的很想自己一個人。

你攜帶著北方、東北方兩種混合的聲腔與敘事來到這裡，但你不知道如何表達自己。會否是因為你選擇避開四年間所有的寫作課，沒能青澀而不斷的鍛造自己？那時你熱烈讀著許多黃碧雲、柳美里，幾本吉本芭娜娜，還有隔著距離尋訪一些足以應付臨時傷痛的小說。倘若所讀的作者第一本書不只回應了幼鳥銘印甚至可以成為某種日後的反身預言。黃碧雲《無愛記》，柳美里《家夢已遠》，吉本芭娜娜則忘記是《廚房》或《甘露》。後來你也寫作，後來自我說服所有的痛苦經歷都是為了小說的完整旅程，你可以的。

但不能隱藏的是：生活只為了這個實在太可怕了。

那時你也以為，那塊地方如後來離不開它的人所說，像是世界的背面，容許你違背邏輯。十八歲那一年，你第一次在電影社裡看大島渚的《感官世界》，不停的性愛投放在白色的布幕，聲色搏擊，浪漫搖擺。友人H不久之後便從視聽教室走了出去，沒有再回來。事後告訴你她沒有辦法繼續看下去，沒有辦法在眼前看著異性戀做愛，會覺得自己不被允許。連後來瞥見別人穿著襪子套上夾腳拖，如電影裡的女人穿著木屐，她都無法忍受。與軍國主義的隊伍背道而馳，她後來更喜歡大島渚的《俘虜》，因為坂本龍一買了原聲帶。而你喜歡電影裡那些相反的元素，將重的構作輕的，就像你們長長的談話。

也在圖書館看陳俊志的男同志紀錄片，還不知道五、六年之後另一個友人W會在某天對你們告解，他覺得自己最後還是會為了隱瞞父母而進入異性戀婚姻。而離同婚終於通過還有十多年之久。不知道他是否完成結婚生子的一段經歷。你們中間走散了。

還年輕著，你卻開始害怕愛這詞原來指的就是自我犧牲。十九歲那一年，無業的父親突然有了向死亡走去的驅力。走了一半返回沒有抵達，但那份心理病名從此被醫生宣告後確定下來。往後假裝無事發生萬事隱忍的家族氛圍也跟著確定下來。往後家中由一個曾經有過如此企圖的人決定所有事物重要的順序，不重要的他就隨意丟棄。

你沒有成為那類文學書裡的遺族，卻開始失去進入婚戀的一點憧憬，已經無法再背負另一個人或另一個家族的重量了。父親漫長的轉嫁其他系統性的痛苦，並且全傾倒給你們這一家，但若對此不知名的症頭，有時只是一些生活上的慣常惡習加以置喙，彷彿便被剝去了道德楷模的頭銜。當它在你的人生變成主要悲劇，其他的便都成了次要。

從那時候起，你總覺得自己的內心與身體像是被隨意黏在一起，只能處於某種破碎邊緣之間的微妙平衡。該怎麼形容呢？譬若如此：因有太多詞彙可以表達絕望，於是只能變得無話可說。如果你選錯了復刻再現的形式，你不確定這是不是就稱作折墮或自溺。

大概是大學快結束的時候，某天夜裡，大禮堂內連走道也坐滿人，巨大銀幕播放著《孽子》的電視劇片段，記不清演員來了沒有，但導演來了的映後座談。你後來沒有聽完，一個人走在闃黑的校園裡。聽室友說，某條小蛇曾盤據在宿舍區電話亭的電話機上，也聽過有人拉開窗簾就在窗外。騎腳踏車時，的確也看過某條小蛇橫行穿越石板路，你減緩速度，牠轉瞬溜進水溝蓋的縫隙。夜裡只是黑，你走長長的路，試圖發出一點聲響，告訴動物們還有一個人類在這裡。

經過文學院，忘了當時的季節，或許阿勃勒在頭上開著，地上都是黃色的碎花。裡面有一座八角亭，大一時還是間小書店，總循環播放著〈我多麼羨慕你〉，後來才知原來那是電視劇《人間四月天》的主題曲。等到理解用哭腔傳達「那是我肉做的心」的話語遊戲，又遲了一些。下課後你總自由的從一道門穿過去，自由翻閱平台上的書籍，再從另一道門穿出來。移業成一間高價位咖啡廳後，你再也沒進去。

長褲口袋裡手機響起，室友在九點多打電話給你，問你人在哪裡？早睡的她想鎖門睡覺了。「我在哪裡？」古老而永恆的疑惑。你只是看著蠻荒遠方那四周圍繞高過自己許多的芒草，浪潮般被壓低後湧過來。聽說那兩座隱密的湖，若無人引路，獨自進去可能就此走失。多年來反覆走踏，也走出了一條衣褲黏滿鬼針草的小徑。但你哪裡也不想去。這樣重要的時期，你只是意識到將有可能無法金碧輝煌的一種人生。意識到自己可能永遠無法與人結伴。

最後一次吃到自己的生日蛋糕，在滿二十歲的那一年，室友們放在房間的木椅上為你慶祝。幸福的奶油。此後就再也沒有了。你沒有為自己買蛋糕，也沒有再慶祝。沒有吹熄增加的蠟燭，就停在那年二十歲。那時總愛哼唱金城武創作的〈路口〉紀念二十歲——也許有天我擁有滿天太陽，卻一樣在幽暗的夜裡醒來。

小說家這樣寫：「所有的命運不會比生命更長。連命運也不過是暫時的事情，紛亂的、錯誤的一擊。」你覺得自己實在不堪一擊。你意識到將永遠看著自己匱缺的東西，如忌妒之蟲豸。你不知道該如何從陌生之地找故鄉、找同伴。

一年末端的午後，因為接案側記來到一場新書發表會。台北城總帶著超聲的音頻。來到你出生之地總像來到一種忽遠忽近的關係。始終無法內化成你的星座，也標誌不成星叢。對你而言台北就是「到了台北」。就是空曠的異地。所有異地都使人感覺負荊。

發表會前有人為你和一些人介紹寒暄。你曾在學校BBS站的日記版上看著這裡面的某些人寫信，記憶裡有他們在站上的哀滴。但日記版不只寫日記，是才華顯露的寫作者表述日日夜夜之地。版主在這些好文的題目前頭給予符號M標記，放入精華區，如塊領地。同學Y後來接任了版主，總告訴你那個虛擬的帳號可能指向現實的誰與誰。

緣於四年你都沒能擁有個人電腦，不是借用室友的就是仰賴學校計中，斷續看著這些留下來的黑底白字。也聽過這東方小城如東方聯誼場，展開許多戀愛情事。誰又曾在計中留言時非情願地被追蹤了位址，在同一地的陌生人認出了另個某人在真實中的座位。

很長一段時間你以為，同系匿名但大家都知曉的C與CP是同一個人，你以為他們是同一個人在網路上寫信給自己。在這樣公開的密室裡，用他們的安那其自轉，做自己的安那其密談。

而C與別系的P則常常一起走在校園裡。你與P都曾在學校的統一超商打工，初期受訓某天聽著店長講話，看著站在旁邊的你，他讓出了那個被顛倒放置充當暫時座椅的置物籃。你記得他的好心。只是後來因緣際會相識也多年，P始終不知道你曾在同一間大學讀書。當在路上與C打招呼，他常常就在她周圍。

電影教室、便利超商、學生餐廳，你走過某些人身旁只是他們不知道。你同樣只是低著頭誰也不相熟，同學的名字都記不全。你們一同待過的那塊土地在後來仍牢牢黏住他們的心，你有點抱歉無法跟他們有同樣強烈的感受。你蒐集自己的情緒後明白：只要感覺侷限就如坐針氈，不自覺的開始移動腳；在某地到了第三年，你已拉繃到最底線。如果已經注定在某種生命裡被困在某一個地方，就希望自己做的其他選擇可以自由一些。

沒有什麼能讓你留下來，一次也好卻也沒有覺得曾經活在誰的心裡。這四年一度的青春，你只覺隱形。如籠中鳥。像沒有長好的骨骼。你也希望這一切只是種比喻。

C、CP與P，他們年少的脆弱與哀愁因為繼續書寫；抑或當他們蜿蜒在黑夜裡，也仍然彼此寫信，彼此親近的關係。在他們後來的文字裡也留下了線索。如今記哈客的街巷也成了某種隱密的符號了。有什麼不變的也跟著延續到了現在。

你也會是一簇顏色不一樣的煙火嗎？總依附著機遇，希望有人能告訴你，教教你。但你等待了十年二十年，沒有，你沒有答案。那個被補償的應該不是你。

他們在台上練習傾倒聲音。眾目睽睽。你握著錄音筆，想起這一切其實也沒有什麼不可思議，那只是多年後仍沒有在你臉上作用一份漸漸清晰的技藝，彷彿坐實了你覺得自己就是他人青春與友誼的旁觀者。

又想起畢業前夕，你以兩百元附贈大鎖賣出騎了四年的腳踏車，一直走路。有天走著涼鞋壞了，索性就赤腳走在校園的水泥地。你思考的或許總是就在腳下。

記憶、錯覺與如實的恍神就是你身附的幽靈。你的夢去了哪裡？只有你原地不前回返夢土，卻發現那裡矛盾的並沒有黏住你。或者那就是一段「恰當的抑鬱垂死時間」？如同羅蘭巴特的抽屜意義：「是可以把已經死了的東西，放在一些神聖的場所。」

你從有雨的另一地過來，滲進的濕氣從腳底漸漸傳遞上來，跟雨落下的方向相反，卻總是用一樣的方式弄濕身體。而這裡的確陽光普照，卻有一些隱匿、未成形、類於某種掩蔽的東西，躲進了因光亮成形的影子裡。

然後，很快恢復原狀，繼續如常。

某個地方

在那些租賃來的居處，她總是來不及生活。於是，從某個地方搬離之後，便很少再想起那些一次性使用的房間。在睡與醒的十年間，她想過為那些住過的房子挪借一個堅實的意象，但每每想起來的時候卻總是同一回事：宛若一雙鬆垮的襪子套在一雙行走的腳上，一邊向上拉起，一邊無數次地向下滑落。一次又一次從未真正建立過什麼。只是懸置。毫不嚴密地包裹住脆弱的東西。多有種不乾不脆的作用。

對她來說，找一間房子，就是開一扇門，進到某個地方去。那些簽約條件就是業主對人類活動與身分的有限想像。包不包附不附，接不接受，在自身需要與不需要的選擇之間；通常也就是在畢竟與竟然之間，往往價差數千元。

那些最短一個月，長則兩年的租屋時光，從來不是需要機關算盡的事，只需要使用機械的意志，就能毫無矛盾地在陰溝裡生活。

在那樣的空間總會產生身體與心理的相關韌性，並在學會搬遷打包的時候，從摺疊的紙箱漸漸換成輕省塑膠包。捨棄大型家具，頂多小電鍋、小電扇、四季被，是一個人可以不疾不徐，愚公移山式搬遷時環抱著走路的器物。

住進一個用金錢換來坪數的空間裡，她曾遭逢的光怪陸離之人類細節的確可以做為至少三部喜劇的材料。而喜劇背後提供線索以轉換敘事的往往又是偽裝成功的悲劇。但只要不斷移動基本標準線，都僅會是一次性的麻煩。譬若一枚將前一個人正在洗的衣服中途取出濕漉漉丟在洗衣機外的人；譬若另一枚不斷拔出公共空間裡公用插頭網路冰箱的人；譬若尚有一枚不斷報警的人因樓下開著寵物美容店，而某個室友的來訪友人不願意讓自己檢查身分證……錢幣般，不勝枚舉。她也曾在洗完澡後濕髮沒戴眼鏡地被鎖在自己的房門外，聯絡不上房東，只好坐在共用廚房一整夜，很想躺在流理台上魚一樣睡上一覺。她知道有些人會在那些委身於某個窄小空間時，延伸恐怖症狀。但她已經活成一種帶有倖存者偏見的人，也不想再被某些細瑣物事驚動。

奇怪的是，她沒有在那些房間裡留下任何對著牆壁敲打一個字的印象。或許是因為那些房間最終都沒能成為她想像中的，揮去外邊霧霾，恢復表面健康的地方。在房間的皺褶裡等待暗暝，她一次也沒能從勞動的各種表演性，被這些真正帶著複雜機關所稀釋的狀態中復原。有時她會想起某個畫面卻想不起究竟是在哪個租來的房間。東邊西邊北邊的城市，都折射成同一種概念，沒有什麼區別。沒有什麼正面背面都被她住成蒼白生活的同一面。彷彿日子不是座標只是重複的拓印。最大的問題或許在於：她太過知道自己在哪裡了。那心裡的延長，也或許將直到她的房子能開啟所有窗戶的那天。

這是過了幾年因又得遷居，重新進入租屋網站，看見某套房連預覽照都沒更換正在出租，再次想起來的事。

那是唯一的對外窗開向內部走道的一間套房。家具齊備。從裝潢看來原先是面向短期住宿觀光客，後來改裝成長期出租，一棟隔成三大間的一層樓平房。租屋網站錄載著房東的聯絡資訊是B小姐，照著留下的手機號碼打過去卻是一男聲接聽。她一開始以為是夫妻共用一號碼，後來發現實際擁有者是B先生，不親自現身，借用了另一種性別，或許是為了隱藏什麼，或許認為對租屋出去更容易。總之與B先生約好時間看房，過了十分鐘毫無人跡。B小姐姍姍來遲，毫無歉意。看房時問答，問了她學歷，聽完卻質疑「女孩子為什麼要讀那麼高？」決定簽約時借了她的手機打給B。之後每前進一份程序都要停下來打電話請示B。她有過幾次心裡覺得不是很妙的瞬間，但她以為每個人有每個人的難處，只能事後懊惱當時太急迫。那成了一次租期最短的租屋。

緣於受不了隔壁學生通宵帶人回來喧聲尖叫打麻將，敲門溝通不開門也不消停。依經驗知道往後對雙方都不行。她傳訊給房東B告知有了這樣的事。幾則來往之後對方突然失去回應。隔日，有電話恐懼症的她只好試著撥通電話，但他完全不接她電話。她轉而打給B小姐。（這位最後點收時，所有東西重新檢查得比她看房時還仔細，打開冷氣發現不夠冷，原就如此仍打電話等兄長裁決，只是解約卻要她感謝B給予大恩惠的房東之妹。讓人心驚的是，那存下用以迴避的號碼在三四年後竟有一次未接來電。）

打了幾次終於接通，話筒被轉遞過去，那個始終不接電話的B就在他胞妹身旁。一個多小時的通話，他占著一個「我年紀可以當你父親」的位置不停刁難。極盡刁難之能事。說他兒子在美國讀書；說他wife對她想要離開也很生氣。她發現自己可以在這種毫無生命力的標籤裡，在一百次的訴說經驗裡，辨識出某種語言與意義，辨識出這些大小卑劣的程度與範圍，記下這些參與者。

B責問住進來幾週，從來只講過電話沒見過房東本尊的她，為何不跟他打招呼？而那些住了許久的學生都會跟他打招呼。不知為何她總是在某些情境下遇見這種年長者異性，將這樣禮貌性的問候轉成一種由上而下的壓制。一旦在他人的回話中發覺理虧或對己不利，就暴氣怒吼你哪懂世事或不懂禮節，強調自己的威懾力。但這般說教姿態與好為人師的癮頭，無論如何都不該做為一個人逼迫他人的理由。B毫無邏輯地細數一些關乎他擁有的勢力、在當地地盤云云；一些牽扯上天、一些恫嚇下地的情感修辭。說話的聲腔也突然轉成江湖氣口。因此她有一小段時間靈魂跟著出離，從那些線索推測著這個將妻子刻意講成 wife 的男子，在現實裡到底會是什麼樣子？

她滿頭霧水。不知道該如何回以一般而普通邏輯的話語。如果這些話語一開始就沒有任何論點，只是找人胡亂出氣。她在心裡想著，我只是不想再繼續住在這裡，故事走向不知為何發展至此，「但我有什麼理由讓你對我這樣？」中間B曾這樣忿忿地說：「我覺得你以後應該自己一個人住在都沒有人的閣樓裡。」那句話聽來熟悉。好像她的母親也曾這麼對她說過。

沒有故事

突然需要為某時片刻的自己重新解讀時，發現有些句子只有那某時片刻可以應付。記憶出生，被儲放在各種恍惚而變形的長廊。其盡頭有時是紙上，你辨識著那些潦草的字跡，如鬼畫符，你咒詛著從前寫字的自己，到底寫了什麼東西；有時是一片空白之田地；有時只是你的心。那些後來你都不知道在哪裡的地方。

一個人被留在電梯裡，是你這幾年最常做的夢。電梯時而往上，時而往下，時而空中纜車一樣的平滑移動，從一棟建築去到另一棟建築，結尾不是困在那箱子裡就是叮一聲打開門卻不是你最初預備要去的地方。為你自己的夢解碼：你無法坦露自己深受折磨。白馬確實走過天亮，可你以為你的生活已如日日黑馬夜行黑夜，又豈在朝朝暮暮。一步一步擠挨過狹長的廊道，帶來更多的是擦傷。

三十歲過後，你有時仍會希望，經過一個晝夜，內裡的舊東西可以移往另一個健康的新軀體。一個飽和了就換下一個。那就像在某天晚上為了找尋某份檔案，意識到二十五歲開始至今擁有的七個隨身碟，已成了某種關於記憶與忘卻的對蹠點——從一點出發可以抵達的最遠地點、從地心穿行過去能夠抵達的另一面——以這樣的方式存在著。

你在初次擁有，十多年前的隨身碟裡找到一個名為「小說靈感」的資料夾，一一點開之後，發現都是編譯新聞的剪裁貼上。有一則是一個以父親為傲的男子某日騎車出了事，剛好死在以他父親命名的道路上。另一則新聞是一對夫婦為了詐領保險金，買下兩棟屋子打通了牆壁，那個假死的丈夫五年來就躲在隔鄰的套房內。妻子的臥室裝設了暗門，可以直接通往丈夫藏匿的房間。當他們有所爭執，妻子也會趁丈夫回到他的房間時順道將暗門封死。東窗事發後，這個妻子形容她的丈夫，已沒有自己的人生：「他已一無所有，不過是一個困在四壁之內的囚徒。」

而這對夫婦就這樣看著自己的兩個孩子多年來始終不放棄地找尋失蹤人口與無名屍體的消息。當他們遇上困難，打電話尋求母親幫助時，總會說：「如果爹地還在就好了。」

你在這句話上洩了氣。重讀舊聞後喚起了疲憊感。這是那種只有當事者看不出那份感情的故事。你知道那些生活被劃入黑夜後；那些浸漬了幾乎整片生命之後會轉成悲哀的東西。你在這些句子上傷心，造成連鎖反應的源頭來自孩提時代，你的父親即是那樣一個自顧自地撤空子女椅子的人間角色。

也許就是這句話重新讓你理解：有些東西終究還是會循線而來。你以為那幾則新聞只是當時心中雷鳴，後來察覺這些命名為「小說靈感」的碎片，最後有著反轉效果的真實事件，其實都夾附在「父親」的符號上。爹地。爹之地。假托、象徵、隱喻。具體而微的心象風景。

在你的想像中，父親總如一種隱語與反語的遊戲。是肉身鋪設另一種邏輯。在你有限的經歷與體驗裡，是各種知識論或倫理學都難以真正觸及的悖論，怎樣都學習不了的困境本身。那份悖論是你講許多道理，你一面論述如何抵抗那樣的威權，卻怎麼都無力從家務事裡逃脫。比現在年輕十多歲的你，原來是在陌生情境裡面找尋著種種例外與無例外。

在裡面死掉一次你就自己做上一次記號。

你想起小說家在〈桃花紅〉裡寫，男人隨著情人回到老家，看見桌上放著一本翻閱過的時裝雜誌，已是很多很多年前。彷彿有一種很僵硬的東西留守著。住在那裡的人一直繼承那樣很硬很重的東西。你害怕那樣。但十多年過去你依然與父親日夜留下的各種濁物戰鬥，與過去所學知識戰鬥，那不只是物理性的干涉，你甚至覺得你的一生就這樣跟著摔到了地上。

他們變成了偷走又損壞可以承裝未來不同的你的容器之人，不敢相信你怎麼會畢生服侍你所不相信的東西？

很久之後你已明白：當所有拋去求救的線繩被扔了回來，那些內心先死去的孩子，並不會因此為後來同樣不幸的孩子累積幸福。家屋內應該護持你轉大人的價值，家屋內也應該讓你得以抵抗。成年的暴力，不會用更成熟的方式露出，使人變得不疼痛或不恐懼。有些父母不需要孩子的愛就能活下去，孩子卻需要活到知曉自己不一定需要父母愛的時候。這樣理不盡又不著地的說法勢必會被某種群體價值看輕或懲罰吧。

他們在自己的版本裡有許多免罪符，你沒能擁有。被一種群體性吐出。

你試著開始為寫小說作準備，某天突然覺得：父母其實已經完全「長」好了，而一廂情願的「成為孩子」意味著：終其一生，你只是在找一個適切的符號，當作映照他們原貌的一面鏡子。

但你只能看著你自己，還沒有力氣看著他們。

可以承擔正向價值的地方，只剩下你那容積狹窄的心。於是這幾年，你想像著這爹地已真如爹之地，宛若一顆最重的星體，所有試圖接近的都會掉進去，無論祈使，甚或是恨意。

又有一天，你在一本心理學的書裡讀到這樣一句：「我們沒有辦法那麼輕易克服悲傷或疲倦的重力拉扯，總有一天會在某個地方停下來。」

一切皆是重力之故，即使不是意願；以為可以自由，最終依然被拉回地面。

為了平衡因而產生的抗阻，發生在動態運作的所有尺度裡，為了不就此被這樣的內聚壓力潰散，偶爾你停下來。你其實很常停下來；你斷斷續續寫作，偶爾抱歉地說裡面沒有故事，沒有故事，希望他人就輕易走開。

屏幕

許多細微的傷害與暴力，發生在不同的條框裡。

有時因為站在距離外，才會要求他人對某種生命情境更加頑強；有時站在理所當然的界義內，才會認定某一種經驗必然低於另一種經驗。

於是在那些失眠的夜裡，隨機瀏覽著屏幕裡的影像，彷彿在時差裡找到一條夢境般的通道。

我有時只是不甚明白，為什麼總有人想任意總結另一個人的人生？為什麼是由他人來總結我的人生？

如果這個世上也有「我這樣的人」；有各種例外狀態；有標準之外的敘事身分與性別身體；有未能現身或仍然未成意義的人。

關於我這樣一個#不正確的女兒#腐女#迷妹……這些細部與反面的「女字邊」，都是現在的延續。一旦透過我的文字敘述了，會否可能反過來成為我另一種生命的雛形，成為我的自定義與自情願，成為改變秩序的影分身？

我只是盼待，這些內容的出格，也是正在發生、由我決定的當下。是一段又一段重新詮釋的，我所綜合的人生。

烏有與烏有

她總能聽見那些物事退後了一步的聲音。

譬若站在一扇門前感到門的退卻；譬若飛翔的鳥，高度倏然降下了一格；譬若遇見一個以諂言過活的人，每當那人非常數學的計算著人情的什麼，那顆心竟是如何縮了那麼微微的一下，真實的語言被藏放在細褶裡擠壓著。她幾乎可以聽見那話語的搖曳，輕浮地掃過時的陰影面積。

有一種疊壓黏附的魔鬼氈被小心翼翼地拉開，而一面細小的鉤子還是勾扯著另一面環圈嘶嘶作響似的感受。從前她以為許是自己的聽力太好之故。但她卻常常聽不清楚身旁人的說話，儘管與誰倚靠得非常近，但耳朵彷彿充分容納了遠處的聲音，卻失卻了空間，而掩蔽了太過近處的一切。因此她會請別人為她再說一次，卻不是所有人都願意那樣為著他人的「再一次」。

她當真了，別人卻不。

偶然她站在門外，聽見有人輕聲調笑地說出她的名字：「嘿拿她來做譬喻，太奸詐了吧。」那會是一種什麼樣的比喻，又被拿來衡量什麼？而那究竟是哪一瞬間的我被認識了呢？彷如堆疊著積木，她不知道哪一塊被抽取了。她無法全然理解這些碎片。這些話語滔滔並沒有真的抵達她，但從此自這扇門邊經過，人類聲音彷彿就覆蔽了她的耳朵。

有時那些被聽見的話語會帶來莫名的微痛，她知道大概該怎麼形容：一道傷口就靜靜生長在癒合旁邊。後來她發現，那或許亦是屬於一種「我還願意」的意志——我還願意因此受傷，我還願意留在這個世界，還願意……只是她的心和身體會長出不同的意志，調換著柔軟與堅硬。而她學著再以影子的方式參與成年世界：將語言遞交出去，從能夠回來的語言裡面吸點需要的空氣。

所以當她以為別人化妝做為一種職業，那些粉底輕撫過汗毛，絲絲滲入毛孔，色素增添氣色時，她的確會聽見一張真正的臉孔向後退的聲音。他們好似目不轉睛地看著她，但其實什麼也沒有看進去。有時她也會將每一張臉都看成荒原：有時細砂，有時粗礫，有時是泥。這使得她明白哪裡該補足，哪裡該遮掩，哪裡該擦拭。她可以溫柔的對待每一個人，有光亮，有色彩，她越來越擅長凝結一個人，將每張臉凝上一模一樣暫停住了的時間。

那些聲音被捲成了紡心般，可是她自己的心卻什麼都不讓她攥緊。她想她的聲音能被誰掛念在心上，卻聽到未被落實的心聲落進塵裡。她把全部的情意都兌作麵包，但她所有的喜悅與所有的愛在她面前全都化為烏有。

每當工作結束，她把刷具浸泡在洗滌劑裡，一束束開展，乾乾淨淨，一切還是如新。宛如她有效的淚默默通過自己的臉，嘴角拉上便將臉孔擠壓出聲。每一次都逼迫自己知悉：匱缺明明就是許多人的一生。

年有年的女丑

將自己的名字填進去，在一個「神創造我的時候」的瞬時遊戲，將人類的性情特質處理成粗線條神明碗中的材料。比例或多點或少許，其中有手滑、有錯落、有篩濾。隨機拼貼的字詞，對自己的圈畫，對應了些微現實卻又不真直指醜態。那些可以在網上分享的訊息，其實是對「自己」的推遠而非拉近。無有陰影，無須紓解也易於消化。

但在那些「只是遊戲」的過程中，並不承諾對話。我有時總會過於嚴肅地想著，倘若我們的人生最終還是由性情帶路，那神創造我們的時候，為什麼往往讓表象帶來的凶險先於內在？

每日兩點一線的那幾年，在最為規格又恆久運作的體制裡，總習慣在下班之後虛脫地轉著無線台頻道。一個日本綜藝裡，我看到那些被稱為「女丑」的女性藝人談起學生時代，名字後面被接上了「糞」或「菌」的往事。其中一位自嘲，「與其如此，我想，我不如就做一個能夠逗大家開心的人吧。」我同時記起那個罹患憂鬱症的美國演員說：「喜劇是，痛苦的靈魂表演給痛苦的觀眾看。」某位韓國喜劇人，在訪談中眼睛避開了鏡頭，他說，鍾情這門「逗人笑」的藝術是，「為了遮掩自己的不快樂。」若只以這些當刻的回應替人下總結，倒果為因，雲淡風輕。

節目裡指著某人說你長得像湯匙上倒映的帥氣男明星。倘若用某種歪曲的角度看他。就像是他是另一個人被取消美感、被做壞了的複製品。對比之下，他成了背景製圖，存在的層次拉到最底層。仰賴某人在這裡被耗損所產生的笑點，仰賴他這些被稱為笑星、諧星、丑角、綜藝人、搞笑藝人的身分。

但有的才藝不一定是天賦。某些暴力的確很難從他人嘴上摘下來。傳遞這些句子，傳染性的蔓延，極大化地擴散，從微小的把戲傳到生命的脈搏。把想像踩得很平，然後省略一些人的因此隱沒。

有時是這樣：當他人用詞彙刻意占有、填滿你的身體，便沒有新的可能可以進去。他人用言語觸摸你的身體，在表面留字，急於分配符號，問責你，將你變成一種可供使用的公共財。在你的內部與外部繁衍那些字句。置入病菌折磨你。去掉那些「除此之外」「自我定義」，接著放進全稱裡。談論那些皮毛、褶子、痕跡、顆粒；談論牙、腿、指甲、乳房；也談論那些溢出物、分泌物、排泄物，限制變異範圍。企圖在身上刻寫一切，有時又企圖在你的身體增加許多令你不解、不需要的虛幻軀幹，塞進「應該」、「普遍」的脈絡裡。有除魅的傾向但實際上卻只補充了防腐劑。最後只是為了爭奪對世間陽物的問候權。是在哈囉？

理論上希望一視同仁，現實上無法一視同仁。難道神在創造我們的時候，對只是這樣出生的人，早早放進了雲與泥的分類裡？

生而來標籤，生而被標籤。移形換影，上下打量，將女神、女丑、女巫、女魔頭，拉開頓號的間距，掛上自由心證的識別證。從不知道可以發明這麼多稱呼將女身框限，排起高低位階，精細的分群。

而在另一種真實與剝奪的版本裡，無法映入眼簾的成見，不被珍惜的審美，劃出總比其他定義低了一格的東西。只是放在一個可量度的框架，做一聽標準化的罐頭。當以為看見就是答案，取人以貌，望文生義，我們究竟看見了什麼？或只是親身體驗虛妄？

有些發生並不受重視，大家只是假裝不知情，抑或自己沒有這樣做。

幾年前的某一陣子，我試圖書寫那些難以言說、難以消解的暴力。抽取「女丑」為深層意義，拼貼了費里尼電影的潔索蜜娜、古希羅啞劇裡的女丑遺痕、《山海經》的女丑之屍，正面反面地詮釋成一種獨特的生命價值，途中卻突然失去了意思，因為有沒處理的情感，當題目降到身邊來，只是具象化了那些迴圈。

時間過去，我們走了多遠的想像力？

能完全甩掉前義了嗎？

已經知道為什麼性別需要被固著，為什麼需要維持某些人的幻想日常了嗎？

那些看來並不嚴肅的言語附和，哈哈奚落，原來建立在認為傷害這個人的身心靈沒有關係，有什麼關係？不過如是選出一個人來追獵，找到一個人當作獻祭。

這很接近我在短篇漫畫〈紙飛機與電波塔的故事〉（紙飛行機とデンパ塔のお話）裡讀到：一個能讓日本國民幸福指數增長的「塔人」制度。公權力從國民裡隨機選中一個人，移除其過往的記憶。說得好聽是將人投放，說得真實是棄置、作廢，到一座律法接近不可的高塔之上。從今以後，那人成了國民口中的「塔上之人」，只要想想「誰是世上最不幸的人」，便能在比較的天秤上，意識自己擁有更多重量的幸福。誰都有可能。不是贈與，而是祭品。將他人的痛苦當作讓自己成長的紅利，沿襲的不過是對另一個人的傾軋。

身而為人，Why so serious? Why so drama?

當你的版本像謊言。當你證實不了傷痕，回到夢魘。當你坑坑巴巴無法說好自己的故事。當你知道沒有人想知道。當別人在所謂語言的遊戲裡否定你多年的努力。當你在所謂人情世故、瞬間死滅的話語之後，晚了一步，又歪了一寸地，保護自己。當你給世界的一絲溫柔都給吞沒了。當你嘴上笑了，眼睛不能。當你以為沒有為什麼，只是暗室裡的黑狗，有天也突然踱到自己身邊來……

當以輕蔑，以譏笑，以貶抑，以十分討厭的口吻，行之有年的獻祭了女丑。一旦有人發明各種形式的暴力與惡夢，方便地使用。當你在「這種程度」的話語裡受傷了，卻無法坦承「對，我是受傷了」。

即使他們來不及說，只用眼神你就明白。

就是疼痛，因為疼痛。

一旦有人遭逢一次，就回答了一次為什麼。

腐女的盤子

最開始總是這樣一種提問：「一個男子，抱著一個和他體型相似的男子，會幸福嗎？」這些對人的指教，託付於連鎖信般的內容，並非在索討任何解釋，僅是讓人跟著無關緊要的抄錄，橫斷地收取限定的靈魂。總覺得這樣不由分說的提問者，或許過往一路平安，於是容許世界的一種可能，隨意從口中消泯。

那麼，如是帶著恐懼與憤恨的人間，勢必難以想像：男孩與男孩相愛，男孩被另一個男孩傷害；男孩間的曖昧何以能生出千百種甘露淋漓，又不時常只是眼淚。

有一種情感，實踐在畫格與線稿之間，在簡名為「ＢＬ」的敘事之間——輕薄的紙張上能感覺厚實血肉，給予親密關係的完全慷慨。在每個女孩都注定失戀不被愛的耽美故事裡，同樣讓許多女孩欣悅於一種無效的愛。撩起方方面面的歡愉，感到真正的幸福。

這使我想起了多年以前的同窗Ｋ。在那樣初初的互聯網時代，倚賴大量轉寄怪奇圖片與消息以獲取某種友誼的聯繫。她總把自己的情感用雅虎電郵信箱勾入，夾帶陌生男子互相擁抱的大片肉色身體，用雲端傳送情事的便利，對我們育成。

有時開啟，不意最底下還有動畫檔要領受，滑移那些十八禁的範式，往復的動作色氣滿溢，供給收信者的想像足以更新，使寥寥圖說變得十足可信。在那個我們連談論愛情也許都不知道該從何談起，對觀看赤裸的經驗值仍然過低，無論身體或是心意都扭捏的年少時代，她便知道怎麼去直面這種「好難想像」，去竭力保證這座歧路花園的純粹且美麗。

其後她在電子信中誠實告解：已不能從異性戀愛獲得熱情，必得經由男男情愛，才能承載自身欲望的重新萌發。我不知道她是否於此間多次重擬她的表白，不知道其他人如何回應這份過深的情感支付。她企圖在電腦螢幕前選定收信的我們，給出了一種極為私隱的試探：關於她那最為煽情部分，如何變成日常的催情藥錠。並且需要我們知曉那些廓線分明的邊界。看似極普通的交談，如果我們學會不驚慌，抑或，如果我們原就不驚慌，好像她可以向我們再靠近一些。宛若尋找同道一起索愛——因她不能確定那對我們是不是同樣的餽贈。

往後未曾再有過聯繫的日子裡，在某些時刻，當我回憶起《蒙馬特遺書》裡那個生理男孩，總無法陌生於他後來之問：「男人的身體就不美嗎？」即使訴說的方式與對象並不相同，卻同樣單向的情感話語。

男孩之間的情愛，終也會為非關男孩的自己帶來某種幸福快樂的感覺，我對知曉這份情感全然沒有一絲阻隔與困難。或許是因為我的這份性情在更早之前就已經完成了吧。也或許，一個人的身體會否溫暖得令另一個人想要哭泣，那攸關機會與命運。之於現在的我所能完全明白的僅是：一根手指能夠抵達另一根手指究竟有多珍貴。幾乎創世紀。而愛的剝脫，那只是其一。

將漫畫書冊一本接著一本，時常不分晝夜的看。在著迷於畫工、取鏡、筆觸粗細，懂得其中的技藝組分之前，這些同性情感典範先被文學所撐持，早早在我的閱讀私有史裡留下深淺痕跡。

文本裡的符號組構，讓一份身體長出一個新的房間。是一個房間與一個人的結合。是小說寫作者目睹年少友人在時代的末端，跳著炫目的知識之舞宛如孔雀。是符號的一再轉遞。是宛若鱷魚般擅於暗戀的呼拉圈；是日落到日昇前產卵的海生閃光蟲；墓碑印刻上「逐色之徒」四字的荒人；也是從今而後每一個「他者都是我」的天河撩亂，是從他到我的位移導體。

將這些他人手記攤成索引地圖，也索引出我讀書的年代。當然有更早最早的溯源，簡直可以拖載著一整個文學世界體驗迴返：是以為自己很快將會同樣早衰的曇花一族。那告別的年代。

雙手拆分平整的免洗筷許願：你如何可能轉向我、看見我、聽見那些音波？此類愛戀前史的一路踉蹌，恍惚暗光吧。

記憶迴返的盤子上，人被刀俎切成一塊捧出，有時食人，有時食我。行路難，而誰都想永保安康。

屢次失去，便屢次想去追討其中的意義——我最感到粉身之事，就有了最慢的凌遲。

先拼湊出那些原初的痛楚場景，後來就學會了怎麼在不同地理空間裡搭景；怎麼用文學語言刨刮廢棄的植被。

有天我突然意識到：當我傾向在一份故事裡執著於一個人想要袒護，那些相愛的故事便不會以一個人的受傷而告終。我也會因此受傷害吧。現實與虛構此後不在不同時間，而是同時作用。

然後便是，把各種面具與臉孔端上盤子來。把自己的身體空下來。我需要個體的差異抵抗世界的同一，極厭倦那種窸窣著對誰下判語的詮釋方式，將指點指進他人肉裡。但我所有的敘事不過為了完成某種私有體驗，不是別人，只能自己。

作為女性的欲望是我自己創造的，與他人無關。我的這一生同樣想要，如某BL漫畫台詞，想要：「有愛的性招待」。

在碰觸與不能碰觸間何以輕言愛？最終到底誰願意納入誰的裡面？而同是一條通道，膨脹充滿疼痛，也有不容易準備的那一種；也有一切就歸於失敗的結局。偶爾不到連載的番外篇一切皆是半完成，不會知道世界的甩繩遊戲誰跳不過就被絆倒。

那些艱難不被輕易否定，故事於焉展開。集體約定的詞彙用語放進文學裡特殊加工，用不斷的括弧去收容各種人情形狀。括弧裡標誌的並非一處必須受限而為其永生緘默之地；不為記錄一段情感的攻克範圍，也不為絕對的方正與清潔。無限的歪向，萬物皆可萌，倘若萌點能跟上其技藝。

我萌愛上的更是那些清清楚楚的自由。有自由才有真實；有那些人在蒙受他人侵害時，還可能的體恤與可以的柔軟。有時需要感受善良的堪用是因為我已經淚流滿面，脆弱到幾乎不能。

更多時候，我對二次元的愛意是從對三次元的尖銳恨意而來。為什麼我的餘生終究不是我能擁有的餘生？不甘願把自己的餘生毫無轉圜地就給了某些人。

我幾經更換不同空間，為無關血緣的家庭重組尋找虛構故事裡的支援。進入了離家極遠的異地，一半圍地的繩索得以掙開。

倘若家是一個語言滅絕更無須文字之地，我用那些他人決定的腐語術法覆蓋每一回合自己的哀泣；用盤子上端來的面孔與獲愛的生命不停改寫那些不可能的空間。

我需要成為游離者；我需要明白在那些往前進的紙面框幅裡，男孩們會在另一個人臉上的小痣輸入什麼記憶？他們的眉眼、手筋、喉結、嘴角裡為何會有我從未意識的性（別）感？一份身體如何孤注一擲地交遞給另一份身體，伸手一拉就留下河流，而疼痛的承受與歡愉的速度都來得那麼快。

我需要將各種、各種缺席包裹上自我解釋的膜衣。需要動物性的感傷。需要一條獸道般的縱情路徑短暫停棲。

我是與各種理論皆不相符的背叛者，擱淺在自己的鏡中迴影，卻借用了許多個提前取消自己的男孩愛戀故事，生靈般將自己懸吊。在故事結束之後一再地被遣返回現實的身體，重新被虛構所卸除。但還是感到一絲渴盼：這似曾相識的空間能否也有我的置身？能否將我的經驗一併接合？抑或，能被誰的目光凝視，多有一種詮釋我這類人的方式？而我可否有獨特的形狀？

在重複的敘事裡，腳踏車鏈條兜兜轉轉其實悖向指往自己：我是一個移室遺家的女子，只懂顯出不同的稜面以求生。但始終無法從畫著螺旋的時間裡獨自脫逃。

宛若一種否定性的預告：想要成為他人的禮物，這願望已經失去了後援。螺旋的過程沒有好好地將自己轉換，於是一輩子卡在那裡了。就承認有些思念再怎麼努力也傳遞不出去，就承認自己就是孤獨到不行。

人世總是有缺，我是那其餘的一切。

我用書內的杜撰，接近一種書外的沉默。我漸漸變成一個白晝厭棄者，有我自己時間的使用方式；在能夠步行的距離裡，大抵上我已經成為一個沒有任何地方想要去的人了。

是以這樣的一個腐朽女子，所能抵達的喜愛就是以上那些不能抵達的全部了。在這種不定期想讓自己就此死絕的渴望裡，我依稀明白了同窗K當年的召喚，也明白了那房間深處的孤獨：終於沒有被任何人接住，處之淡然，卻在一個請求正眼看看我的故事裡突然崩盤。

那些充滿歧義的身體，是我微量而重要的藥錠，關乎後來自毀如我，續生的豔情，活下去的狗糧。

我試圖從記憶裡取下一本漫畫書冊。一個被選定為「世界平均值」的樂觀少年，只要他腦海裡的意念不夠節律或過於驚動，達到數值最高標，那樣的意念就被固定成了世界的「普通」。普通的善意，普通的死意，普通的愛意。

這樣微不足道的個人感情卻足以改變全人類的意識。這部作品的核心或許是一種趨向群體的恐慌吧。他的食癖成了大家必要的食癖。他的沉睡讓整座城市跟著沉睡。他的憤怒興起一波莫名的憤怒。他發現的凡庸女孩變成人群中的珠玉。生命之於「普通」的定義，在此間無以阻擋地不斷被更改。他無法從定義者的身分脫逃，掌握在他手中的倫理世界，生生滅滅，儘管他毫不知情。

也許更令我心疼的，是那個作為故事的對位者——另一個知情的，沒有被群體化影響的孤狼少年——被自己父親的愛所忽略，因不被認可的獨特，他必須踩著正確與秩序，如跟著水泥地上印下的固定腳印。卻又希求自己的獨特能夠得到父親與世界的寬恕，對此有了各種形式的奮不顧身。兩位少年努力抑制那些家常的情感：有依戀但不能多要。被監禁起來的他們，不知道自己在創造什麼樣的世界，但也許明白「我」才是自己的牢籠。他們只是想順著心意「成為世間的普通光景」。

最終那卻變成一個人怎麼從另一個與血親聯繫無關的人身上接收愛的問題。

使人完蛋的往往就是最普通的生之欲念、愛的膏脂。如我寒傖的愛意總隨面具被盤子隔了出來。

我試圖擺脫延續生活的欲望，將自己放入敘事的腐女族類。日常如此不安，很多的喜悅原來就是一廂情願。而我也能成為某種「普通」的定義嗎？

後來發現我原來是漫畫裡不能前進、不能發展的空景畫面，只能旁觀著線條的細節；後來我明白了那些從來出不了邊界的語言。我對自己的愛往往因別人對我的不愛而死去極多。

宛若一條多愁善感的雜巾，擦拭每個窗明几淨的故事，而終於被棄。我的徒然只完成了我的尖銳。其後餘生簡直就成尾聲……

簡化的想像與固定的正確終食去了我，食去了我的家鄉，也食去了所有錯誤的時間。將「沒有可能」放到面前。

我唯有託以那些被盛裝在盤子上的物事——讓它們各自得到自己的言說吧。

如我總在男孩與男孩相戀的故事，一次又一次築建自己的房間，準備覆寫所有的未抵達，並愛著所有無望的人。

飯偶像二三事

一、圈飯

後來我才明白「飯偶像」這件事，不只是類似上天的施食，或某些品嘗加點鹽之事。

我知道自己從來不是不需要故事的一類人。而我也無法成為被麵包餵飽了才寫作的人。我寧可相信這個世界並沒有完全美麗的東西，以此否定來過活。所以當我偶然看見偶像，在偌大絢麗的表演舞台上，讀著親筆寫下的信，要他的粉絲先好好照顧自己的生活，「行有餘力再來喜歡我」，就生出了些許好感。

「行有餘力」，這中字翻譯過來的話語多麼美。我弄不清後來的自己是被這些言行語彙附著的文科感性所圈住；還是我接收了那樣的短訊息，因為肉身之困，精神上又時常很受擾亂，所以疊加了許多原先並不存在，自己妄念的意義。

我一直以來都覺得，這世上沒有那麼多值得偏好的人事，唯一可靠的價值就是去想像。而人類每每在新的時代發明一種新的方式讓自己重新獲得喜悅。

但有一瞬間覺得，在日復一日毫無樂趣的生活裡，第一次在如實的遠方，有一個人出生了，而你因為他的才能與作品感到開心。就像是你過往遭到無限延擱的幸運，開始往前留下了確定。

費里尼曾說過：「我愛擱淺狀態。因此，活在這樣一個萬事擱淺的時代，我很快樂。這樣的時代多精采，只因為所有意識型態、成俗觀念與因襲傳統俱遭擱淺。」倘若放在我身上，大抵是萬事不想上心的那個意思。

新認識的朋友說，總感覺我老是處於省電狀態。我在長途客運回程的路上，因確認智慧手機上的時間，看著手機也設定為功能較少的省電狀態，遂覺得這形容十分精準而笑了出來。因為面對時時刻刻的剝蝕，他人的過分侵略，我無法將那些積累太多的喪失感有效地轉化。傷勢不淺，卻戲劇橋段般不停被告知：這些事情明天還是必須重來一遍呦——誰都不想要的這些——我所恐懼的一直都是那樣的重複。

但我也無法想像自己還能有一雙熱情的眼睛；還想對這個世界挽回些什麼。只是發現套上了一層濾鏡，目光就能有別於日常。像在一個例外空間創造了別樣體驗。是終於留下一點時間。是不快樂的暫時緩解。或許這一開始面對的，其實就是原本存在我心中，卻從來沒有實踐過的那一切。

然後減去生活。

加進想像。

成為了另一種層面的真實。

於是，有了一位由自己選定的偶像，宛若生命終於網開一面；宛若神對自己仍留有慈悲。

想要不愛就能隨時不愛了，便會以為自己是真正自由的。

二、字典

嚴格說來，我不知道有沒有資格稱自己為「粉絲」，或為 Fan 掛上不同音譯的「粉」、「飯」、「迷妹／弟」。作為這個時代的即時訊息接收者，我所擁有的時間，其實最多只能讓我讀取過去未讀取的，趕不及新鮮的東西。因此，我更像是被嶄新世界的偶然性所突然關注了。如在過多雜訊裡聽見了一句有人企圖傳遞的話語。於是在電腦螢幕前，為了聽得更清楚，帶有時差性地重播了。

更別說去理解整個娛樂產業極其龐大的商機：選秀節目裡，服膺爬升規則，讓名為「國民製作人」的粉絲們，一票一票的圈選。將滿足挖掘欲、發現欲、收藏欲的寶藏男孩，製作成了人盡皆知的國民偶像。後來節目也被挖出那些「惡魔剪輯」的運用：集中鏡頭或不給鏡頭、使人誤會的瞬間表情、暗中操作票數，讓人落選。養成遊戲般，如己所願。將帶有特定性情的人設，如用手刷地一下把皺紙整個鋪平；或那些用以推播營銷，將每個人介紹出去的團體綜藝真人秀；從事粉絲服務的飯撒簽名會；站姊的直拍鏡頭。網購被印製出的手幅、小卡、照片集。宛若層層疊加後構作了故事。

我透過各種線上管道，看著那些翻成中字的影片。彈幕評論。驚嘆詞。網絡語。表情符號。飯圈單字。約定俗成的各種追星用語。影片上一列一列的字，像一條斑紋模樣的馬走過，護持著屬於「我」的領地，橫渡整片畫面而來。那種共時性的在場感（雖然常有時差，以及語言的差異），人心的相近，彷彿悄悄橫向地連結並擴延了這塊空間所附帶的共同情感。堆積成了一種以為能夠正確抵達某個人或某件事的路徑。

Idol 音譯寫作「愛豆」時，其形象更像是一顆小小的種子，用眾人的歡喜來澆灌植栽。如一份接受他人無條件之愛的職業。那些迷妹與愛豆間的敘事，被放進一本彼此重造的字典裡。但我只是讀著字典裡收集好的詞彙與造句。在集體與特別個例之間，知曉那些不成文規則所擁有的一致性——原來有那樣的事。素有這樣一句。但任何聚集我都不打算參與。翻開字典，還是有這類人的定義，名曰「螢幕飯」。好像在告訴我，你要翻開，你得進來，那就在這裡安放你自己。

我只想成為愛豆的顯微鏡女孩，盯著那些微小的細節，然後收藏在腦海裡。我只是在這個只懂注視著中心，萬物皆以手指放大再放大，終不知原尺寸的時代裡，目睹一份生命如何被翻貼上了各種符號；目睹愛豆如何表現了當代生活。又如何因為在這份職業裡不被允許挑戰的倫理規範，犯了過錯而被註銷了名字與名氣。

有那樣一個時刻，我會想像著愛豆的粉絲在螢幕前快速地打著字。好的晶瑩。壞的透徹。那些字語宛如柴燒時的火星，終於在生活裡嗶啵跳動起來。

三、署名

飯偶像的開始，其實也是因為仍在寫作這件事。我時常寫稿到深夜，作息混亂。天亮才睡覺。煮食過晚的午餐。唯有周末，母親才不再一邊踩著縫紉機，一邊聽取周間午後重播的八點檔。老家被裝設了能觀看各種遠方節目的機上盒。大概都是那些資源種子。不怎麼看電視的我，撳了開關，先前誰留下的頻道畫面跳了出來。我配著食物頗興味的看了。

初始在意的，毋寧是被稱為「練習生」的制度，那不知何時結束的學徒日日。彷彿眼前一切都只是作為新手的練習階段——能走到哪裡，就類似於寫作這件事——或像沉船已久浮上水面後，船身覆滿了藤壺。像我能想到的，關於寫作的具象譬喻。

能成為愛豆，大抵是更殘酷的檢視一個人與生俱來的天生才貌。越早開始越好的年齡篤信。身體條件可以這樣那樣。舞動的線條。所承做的行雲流水。也仰賴誰更勝一籌的人際、好運氣。或許每份選取，都是一種與世界的對造關係。

這時代說的「認識自己」，非常好聽，卻常使人受傷，使自己痛苦。而我過往未曾想在這樣的演藝職業裡找到一份崇尚的模型，或許是因為我對那種過於細緻的審美避之唯恐不及；或許是我的自我認同既薄且脆弱，於是我總更偏好從屢戰屢敗者身上折射自己。

對我來說，我害怕那其實更接近一場個人技藝帶來的陷阱：當你以為能在現實造點夢，其後的天災人禍便會將你的天真從此打到落地。

那像是一場得到「你的名字」的試煉。就像那些韓國偶像有了團名；有了專屬的應援語、應援棒、應援色。而粉絲們也會擁有一個固定的姓名。一套附帶意義、互相對應的詞組。在舞台上下以你的名字呼喚我。共時的節奏與韻律。署名制度的形成。從此被圈進某種集體性裡。

如今的偶像得把生活的細節當作額外放送的糖果。名為TMI時間（Too Much Information）。例如牙膏是青葡萄味。洗髮精會揿按四次。總先穿上左腳的鞋。看著他們擠出微不足道的私事，對我而言就像第一人稱需要更多的卸除。習慣了圓形的舞台、那種彷彿全知的視角，一切言行皆可攸關粉絲的愛恨情仇。

愛豆必須行使夢的功能，飽含情慾，常談及永遠。粉絲見面會才總是那樣昂貴。雖然因為愛而慾望這件事，我其實一直覺得很美。

然後想起有一天，母親車完了一批衣服標籤，與我坐在一起看了一會節目。

在我吃完了中飯，準備關掉螢幕，繼續上樓寫作時，冷不防地對我說：「不要太常看這些美麗的男人，否則在現實生活中你再也找不到人來愛。」

總將人的內在凝固在外表，先抹擦上一層灰灰的薄膜，用自己的語言清潔再清潔，從來都不知道這些用詞曾讓我失去什麼的母親，在午後開始有些涼意的季節，想必也是看到了自己才知道的風景。

四、脫飯

突然失去粉絲濾鏡的時候，也是時常有的。因為更加要求亮晃晃的心意。那不像創造不同手勢比出愛心那麼容易。偶像被爆出某些傳聞時，標題總愛寫上「粉絲集體崩潰」。莫名生出背信感與失望感，喜悅不知為何不見了的那時，我只是讀著想要留在原地與脫飯回踩的兩派粉絲彼此說服。心理素質表白大會般。誰都知道飯偶像就是單向的情感。脫不脫飯一時也沒有答案。卻像經歷了一次記憶的重整。

ㄅ說，他就是偶像失格，對不起自己的職業道德。ㄆ說，想想自己生活裡沒有他可以嗎？ㄇ說，偶像要我們隨時提供愛。那是因為我喜歡他他才喜歡我。現在我是不被愛的那一個。ㄈ說，不要忘記他曾經帶給你的快樂。ㄉ說，簡直人設破滅，飯了幾年竟沒看出來他是這樣的人。ㄊ說，他擁有他自己的人生，我只是不存在於他世界的人。ㄋ說，明天他將成為更好的人，但方式卻是毀掉別人的今天。ㄌ說，粉絲即是人間卑微。

所飯的偶像曾經在舞台上對著粉絲說：我喜歡的人，也喜歡我，簡直就是奇蹟。傳聞被確認之後他改變說法：你們是我最好的朋友。由愛生恨的黑子，或許會這樣說：聽來就像我找到了我的奇蹟，而你們沒有。也有人因此指責，脫飯者就是搞不清現實與幻想分野的一類人。

那些不同評論語言裡，有各種人類明面與暗面的情感及愛；有事理真偽；有一點與現實的摩挲；有幅員廣闊的想像。其實最終指向的都是自己的疑惑。

飯著同位偶像的友伴說，自己已經換掉了手機桌面。雖然可以說得輕巧。「但看著會有點慌。有點痛。」我則告訴友伴，自己在飯心與人性之間拔河。不知道怎麼處理初次的情緒衝擊。喜愛是一點一點累積的，信任卻是一瞬就崩坍的。我覺得自己失去的是最純粹的那份信任感。

或許那些已經在生活裡獲得愛的人，更容易尋索可以繼續應援的理由。援引的都是過去的每一刻：一起度過的時間是不可以失去的歷史。但還在失去的人並不行。

我覺得自己的心變成了顆球，不停轉動，每次都拋轉出一點廢棄。這是否意指在有限的時間裡，我會找到更願意放棄的東西？

當偶像在直播裡對著手機鏡頭說：我也想你。你忘了底下千百條一樣的留言，以為他獨獨是對你說。簡直命運似的。所以，為什麼我們需要知道這些信息？倘若不是因技藝及其所創造的，同時足以遮掩別的，匱缺的東西。

我覺得這些問題很像在寫作的矩陣裡，追問自己將書寫當成什麼——繼續寫這些有什麼用？會不會太遲了？不寫又能做些什麼？同路走下去究竟真會抵達哪裡？是否該從別的地方尋找幸福？會否最後只是孵育了自己的安全，而不是各種反應的自由？——只是將「寫」置換成喜愛，或支持，或相信。

奔赴的繼續奔赴。辜負的照樣辜負。最終代價不是加了鹽，調點生活的味。就是變成了人間鹽柱。

我只是訝異於有那麼一個時刻，曾依靠這種互相取悅的聯繫關係。因此竟會感到收留我的人突然沒有了。而這份關係的斷裂，竟然不是毫無痛苦？帶來蝴蝶效應，漣漪般覺得自己又一次失去了曾經留戀的東西。那宛如友伴所說，將這些一併承接的我們，彷彿容器。

蜘蛛女之吻

蜘蛛網從她的身體內生出來，蜘蛛網成了她身體的一個部分，那麼多的細絲像繩索一般，那麼多毛。我覺得噁心。「她沒說話？」是的，她在哭，我問她為什麼流淚，她回答說，她哭是因為有些永遠不能知道的事。是因為結尾像謎一樣。

——普伊格（Manuel Puig），《蜘蛛女之吻》

偶爾與同齡朋友談起一些九〇年代的敘事，後見之明地說著這些那些如何成了從前與其後。彷彿生命「何以至此」的幾則轉喻。植物的綴化般，從各自不同的生長點，延展出了平行的時空，杈出我是「這樣的我」的另一個瞬間。

中學那時，每日讀完報紙後，倘若心有所感，我便極為愛惜地剪下副刊上的方方塊塊，用膠水不那麼工整地黏貼在文具行買來的十六Ｋ線圈筆記本裡。靜默地收藏。那是個剪下貼上與今日意義相同，技巧卻完全不同的手工藝時代。現在想來，金錢幾無餘裕的老家，竟稀罕地訂了報，應是為了獲得那一年份訂閱所贈送的腳踏車或民生用品吧。也或許那是以為一面鏡子便能交代世界的時候，一切都近得在眼前。

那些筆記本如今已消失無蹤。但印象中剪貼了一篇不知是小說或散文的文章，我清楚記得作者的姓名，題目過了數十年也沒有忘記——〈寂地曇花〉。分為上下兩集刊載在《聯合報》副刊上。當時是一九九五年年末。而這能精準寫下的時間，卻是我在作者二〇〇六年出版的書裡，藉由附錄的作品索引才能確定的。

那是一個男孩無法成雙的故事。從每一段「你，不是」到「你。不。是」的試探，身分的指向與透過否定的確認；從逗點到句點的變化帶來了刻意的、是與不是之間的緩慢延遲。宛若在那之間自我跟隨著那唯一對象，跟隨著精神心意與肉身慾望不斷起伏。有一絲希望卻又斷開。

你不是，並否定那份愛戀可能的回應。若你是，之後的故事可能繼續？那些紙上訊息像是留給一個孤獨又恐懼的個體。對我而言更接近獲得一次讀取他人書信的機會。

（許多年後，在不同的時間裡，不同的友人對我展陳信任，或隱密告解他們有過的，相似的情感，彷如曇花盛大開了一夜而後凋謝。但他們越是將「異男忘」故事說得璀璨，宛若遺恨傳奇。不知為何，那種像在這以相片機直接列印，立得照片的數位時代，談論過去在暗房裡用銀鹽藥水進行顯影般的口吻，越是讓我得以同感，如某種已經反覆驗證的傷痛，又直接返還回來。）

總有一天會知道，每一次的機會帶給我的都將是各種確意的瓦解、詮釋的敞開。那樣敘事的現身是多麼必要——沒有一種搏鬥或阻擋會與現實毫無干係。

倘若能找到一則敘事支援了現實，就能若無其事地活下去。

但等待著，等待每一個時代的轉折轉過去，擦過那些銳角，不總是毫髮無傷或是解開了謎。有時只是未完成、未和解地轉了過去。

九〇年代彷彿變成一段蛻下來的皮似的。以為是那麼透明，那麼輕省。但不是。只是還沒有人有足夠的勇氣可以掂掂它。抑或是，還沒有為那樣集體的負重感，調度一種適切的語言、找到一種較好的表達。

那幾年，王菲唱的一句歌詞，變成了某些友人MSN的暱稱：「害怕悲劇重演／我的命中命中／越美麗的東西我越不可碰」。壓成一種標誌。

彷彿沒有被誰接受，不過是同一段日夜的穿行而已。時代由紙本走往電子媒介。遠方有寫作女子，用易開罐的蓋子切開自己。能明白如此，都是事後——明白單向詮釋的殘酷、遲到的肯認，都是來不及挽回的許多年以後。

許多年之後，「寂地曇花」開在名為《告別的年代》的散文集裡。輯錄了各種消逝與失去。開篇寫了〇三年SARS帶來的焦慮（多麼呼應書寫的此時此刻，Covid-19的擴散與變異，同類氛圍的再臨與重被召喚）。新書出版是夏天，而年輕作者病逝在同一年冬天。〇七年我在網上查找著什麼的時候看到了訊息。發現作者的告別式場地就在我的中學母校。城鎮很小。或許有一段童稚時光，我們曾經生活在同一條街上。

偶然發現的意義或許是：生命的過程總夾在知情與不知情之間。在知情的剎那，某些死亡將一併被帶到我們眼前。而曾經的引文，日後竟成了某面鏡像反照。但有時，卻也不願它真的成了心之論證。

偶爾，我也會想起另一個習於發出異音，現已失散的友人X。他是如何在話語中每每暗示各種終結。我可以曉得。只是當時真的不曉得。我沒有揭開過任何的謎底。每一次他都半開玩笑地希望我為他寫作。寫下他那些不能公開告解的櫃內祕密。他的黑暗之心。但我的書寫技藝無法成為他的雙生影像。

況且「被我寫進小說裡，不是什麼好事吧」，我說。

有天他再次傳遞給我某個故事。輪廓隱約是：男子單獨開著車出行，卻在荒郊野地遭逢意外，被拋到草叢堆裡，他感覺自己即將死去，想了很多，但什麼也沒做，就躺在那裡直到死去。究其死因，其實他毫髮無傷，連骨折都未有。知道那所指所以沒有問：那死是安詳還是悲傷？凡事總要先動起來或痛起來才明白。只記得 X 告訴我，那是如果寫作，他唯一想寫的故事。

色違分身

預先在一份對談的企劃裡，草擬一些給青年作家C的問句。手指在鍵盤上敲打著，卻在條列與增刪之中感到明明暗暗。回頭檢視，你在問題1即寫下：「究竟該怎麼從地下室走上一樓？」寫作者各自以自己被相信的本質製造出成品，在你知道有些人只願意在寫作中移動自己真正的軸線時，你對此懷疑。但旁人傾向相信有些是真品，有些卻不是。

你將這道題目用臉書訊息傳給同樣寫作的編輯朋友，說，這似乎是你現在最想明白的問題。幾分鐘過後，他回傳一句：「我也想知道。」遂變成了對自己的反問：如果你本是不該寫作之人，為什麼現在還這樣的自我圍困般矛盾地寫著？就像一邊握緊蛋殼，一邊想護持蛋殼裡的東西。

你想起幾年前，仍在一間複合二手書與咖啡廳的店裡工作。面向觀光客群的區域。三個月試用期。你每天最早到職場開門，開始重新用水沖洗吊掛著的玻璃杯與各式器具。顏色大小一模一樣的抹布，被規定這一塊只能擦拭這一個地方，不可混淆。你花了一段時間才區分出材質的些許不同。

每天你將骨董沙發、銅製立燈、玻璃花瓶、搖搖木馬、黑板招牌、兩桿高過於你的明信片旋轉展架，吃力的從店內搬運到店外，按昨日的模樣擺放。你點亮室內營造戲劇氣氛的十幾台燈具。你將爵士樂或大集錦的西洋音樂ＣＤ片放進聲音對外的播放器裡。店裡只有店主與你兩枚人員。進來的人拿起書來，裝個姿勢拍拍美照就走了。你點餐，你微笑，你清潔同時有人喊你結帳。店主不愛現代式收銀機，各方面有他的執念。你必須記住所有商品的不同價位，折扣加減也只能依賴一台小計算機。

店主妻要求你如同她在南部實驗室工作般，調劑化學一樣的走好流程，依照事先秤好的分量，按下計時器煮茶煮咖啡。黃金比例。工作並不困難。可是你唯一不應該做的事就是在閒談間透露你以前寫作。試用期的最後一個月，店主轉達店主妻的意思給你。她每週只來幫忙一次只見你一次面。你曾有過為了配合店主南下相見兩三週連續工作中間沒有休息，你真的只是累了。但她說，感覺有時你的意識不完全專注在這裡，可能就是因為你隨時在想自己的寫作。

你想要拒絕這一切的等式，告訴她寫作更是要求全心全意，不是她想像中仰賴一半的意志那麼容易的事情。但你立刻明白了那份被轉告而來的意思。這份工作成了你當時最後一份全天候的工作。

你在這十年間不停轉換著不同的勞動，幾乎都與文學無關，連旁支都不是。只是裝填著社會經驗，從一個固定的價值觀移到另一個固定的價值觀。每一份工作幾乎都讓你哭泣著結束。有時候你告訴自己：沒事的，實在太卡通的過程，走過去就沒事了。

有次認識不深的某人試著追問那些細節：不合邏輯的事是什麼？被怎麼對待的？試解釋之。試證明之。他是未曾將自己的名字每日送進打卡鐘吞食的一類，你要怎麼替他翻過人性的另一面？你要怎麼補充那些詞彙舉證出意義，然後將它放進易懂的字典裡？或者就堅堅實實保護好你們之間應有的間隔。不是盡量將話語往（自己）毫髮無傷的那邊推去；也不是因為自己的詞不達意造就它成為另一個令你恐懼的等式——

好像倒果為因總之處理的都只是自己「易傷性」的人生母題。

你第一時間總是無法多作回應，可是你有第二第三沒人想再繼續追問的時間。你無法如同佩索亞般的異名化，為每個「人設」編織出新的名字與身世；無法更強烈地把虛構的多個分身擺在前面。所以你始終無法回答為何把所有的日子指成了虛線而非延長線；為何選擇一種將曲徑拉直的方法最終只是更為曲徑地回應自己的傷口？

這十年零散碎片般的生活模式，最後只是把它重新聚攏變成同一種生活模式：你回到了一個名為寫作生手的位置。

但這從來就不是一句話能說到底的事。你知道這背後有一大套的人類生存機制：關乎投胎從溫暖有愛的產道滑出。用較長較亮較重要的湯匙餵食社會養分與知識技能；關乎成人途中所能配置的經濟資本與文化資源，所能擁有的人際脈絡；關乎所領受的福分全都導致你是否擁有夠長的距離看著他人搏鬥，看著他們畫上高低起伏的人生曲線圖。

能將廊橋拉起來的大抵都是關係與關係。

把一種總和的聲音放進一根細管般，能夠成為一位不停歇的寫作者，會否也是因為這些曾經的發生，所創造或毀壞的加加總總，不是正負相抵等於零，或終只存負數？

偶爾你想，書寫的技藝若能反過來照顧現實生活，那勢必是添加了寫作者個人的運氣吧。但凡如此，你只能回應你自己的人生條件。或請求神明垂憐一次。

而交託給文學，並非所有人的優位選擇。人們會選擇支撐自己的東西。但那不一定是愛。

你幾乎回想不起那原初的文學啟蒙究竟為何？你似乎沒有遇見什麼模特範本對你的人類養成起上巨大的作用。因為這些總是以偶然性，而非系統性的，對自己產生影響。也想不起來何謂「最好」的寫作時光。每當有人對你究極這些意義，你總是窮於解釋那些於世多餘的胸中情感，每個人終會找到一份技藝，去回應對世界的困惑，去梳理對存在的疑問。

如找到一份苦去通過另一份苦。

中學生的時候，眼淚大抵都是在向同學借來的少女漫畫裡流的。倘若為那些稱之雛鳥的心態找到些許內在的聯繫，那一開始尤其是山崎貴子《青春男孩》國三時間，與橘裕以木偶還魂的《人形師之夜》。當時從現實中所習得的各種殘酷，已消耗了你這一生所能承受之悲傷的，一點額度。

在那些畫技與框格中延續下去的，首先是看似理所當然的花與夢，後來就是同樣理所當然的悔恨與死亡。總是先感受了大片的混沌，其後逝去的東西變成鏡子，墓碑一樣的，插立在你成長期的柔軟腦袋裡。

但你不再是醒來後汲汲將夢境記錄下來的人了。一切源於永不復返，源於你再也沒有辦法回頭去得到了。沒有抵達什麼也好，忘掉了最好。成年之後，你讀書或寫字都只是為了應付自己的困惑。沒有想盡辦法深入到有用裡。不時有變。像是易位構詞遊戲。有時只是調換了語序。不為加深誰的孤獨也不會弄淺。變成了不合時宜的滯延。

因為這輩子不會有人真的代替你痛。不會身受，無法感同。一切都只是一種臨時的替代。

這成了你書寫的路徑即將趨同的命運：無有親故。無關你是否在創作，或你寫得好不好，你最終發現他人只是沒有意願來愛你。

於是，你後來的書寫練習，或許就像在一次聚會中，前輩 P 所指出的關鍵起點：總在「事先抵達的結語」與「正要發生的抒情」之間。

因為實在拙於在公事的場合裡開私人情感的迴轉道。那些不想被多問的事，就同樣不想干擾他人。你只能在簡短的交談中給出極為表面的訊息；你只想透過尋找更適切的抽象詞彙，一層一層重新交疊，掩蓋最底下的東西。捉著手寫下去，願它就轉成了你不熟悉的痛苦。你以為自己的寫作只是為了分離這些。

前輩P回應，知道你不想被收納在任何一種類屬。但你寫下的畢竟是「我」與「我」的鏡像關係。你試圖隱藏遮掩的，有一天終究會在節制的文字裡，攤上描圖紙般，讓下層的真心實意透露出來。他甚且以玩笑勸誡：我知道你一個人，沒有同類。但不要太「ㄍㄧㄣ」了。

你想起有時因以為可以忍受，但後來終究不能再忍受的身體痛苦，而在夜間的緊急診斷過後，住進一日病房裡。隔天早晨護理師巡房，做基本問答，其中一題會問：「如果為你昨夜那份痛苦的指數劃分，一到九分會是幾分？」但旁人不會再問：那你的忍耐值又到達了幾分？如果你對痛苦總是承接，直到習慣；你默認那份痛是應該施予自己，對此習以為常。沒有人告訴你不該習以為常。

這天晚上，你讀著自己給作家C的最後一道問題：「你是否很難原諒自己，以至於在每篇關於『我』的文章裡，敘事最後一段，都往前方並不存在分量的那個人身上傾倒，而有時終失去了平衡？」

你不確定自己為什麼非得要問這個問題。或許有些人只要仰賴自己的日常生活，所有的疑惑就可以被回答了。你明知道有些人重複的敘事可能是他的傷慟從來沒有被自己的作為所解消。這就好像在一個人痛苦的腳踝上，按印了另一個人的指紋。

那或許更是一個屬於自己的問題——彷彿所有對他人尋求的解答，其實最終在尋找你其他的色違分身。（「寶可夢」遊戲用語：色違いぶんしん。）

而有時分身畢竟是乏術。宛若你後來的寫作總是覆以無解感。在那色彩之下，其實想隱藏深深深深的絕望。

你想起了與前輩 P 的談話。

你不確定現在的你有沒有跟你的心一起生活？你不確定寫作是否是你隨時可以離開的東西。但你仍繼續寫著，或許只是想要描繪那一份如同啞者盲者突然墜入大海的處境。

你繼續寫下去，只願如哲學家言，書寫可不是為了自我芬芳。但你開始不再相信自己可以被他人明白，而這份明白開始得有點遲——我只能成為我自己。不會像別的誰。

因此你最清楚，最終那暗靜而集中地進入自己的，終不會是誰的其他分身。

恆久忍耐，然後切開

小的時候有一段時間，只要天氣好的週六，老家前面那一條不算寬闊的馬路就會完全清空，變身成固定時間的流動夜市。鄰居紛紛從午後開始，將原來停放在門前的車輛移動到其他街巷。傍晚總有不認識的叔叔阿姨到家裡來借電。一個插頭插在家裡，然後從捲線盤拉出一條長長的電線到家外面的攤位上。

升起來的月亮，月光幾乎要降到看不見。因為那些佇立起來的燈光裝置，被拉高的黃色燈泡，一盞一盞的被轉開了。所有的燈光連結了起來，彷彿整個夜晚與星星都集中在這裡。

宛若天工開物的小小世界，又像是一種關乎創作與模仿的人造環境。我猜想，對仍然生活在某種極限、日常迴圈裡的大人或孩童，都會覺得是一週一次無須門票的遊樂園。

那時的流動夜市跟現在相去無幾，多賣著雜貨、衣飾之類的品項，以生活用具為大宗。也沒有什麼過季換季之分。例如若是販賣帽子的人，便同時在地面的帆布上陳列草帽與毛帽，將商品放置得較前較後的差別而已。當然可以去到更遠的地方有更多選擇，但沒有交通工具的人，就仰賴這些小攤商人以小發財車直接運載來的，例如大臉盆、塑膠椅子、掃把畚箕等物，再慢慢地從不遠處搬回家，身心更方便。

那時，小學生之間流行一種耳環貼紙，那是有著各種顏色與幾何形狀的立體黏貼式貼紙，一張裡好幾對，貼在沒有耳洞的耳垂上。夜市裡賣的都是台幣幾十塊不等的價位，有人買到不同的就帶到學校裡跟其他人交換。就像中學生年紀後，開始流行交換有獨特花紋或明星肖像的信紙套組。對以裝飾品即是奢侈品為重要概念的家裡，自然是不可能得到的東西。學校裡一些較有資本餘裕的孩子彷彿提早進入一種社會生活，也開始在特定的群體間發明一些專屬領域的詞彙，這種「專用語域化」的現象，似乎必須先有一種進入的儀式，才得以結成一定的人間情誼與價值觀。

我對那樣的世界有好奇，但對於群體性的傾出與倒入，莫名以動物性的直覺，一開始就保持了距離。我有時只是想試著跟上別人，就好累了。但孩子的我還是會去看著攤位上這些玩具般的小飾品，多少擺弄這些指節大小的廉價口紅。不是不想要，只是忍耐著不要。這個習慣後來也一直都一樣。在已經流過去大片的日子裡，比方說消失了或要消失的奇摩部落格、無名小站、痞客邦，我從未建立過自己的祕密基地；比方說近年盛行起來又好像退燒了的開心農場、寶可夢、動森會，大抵可以知道遊戲內容與方式，但總靜默著旁觀。在這些彼此守望相助、我卻似懂非懂的，另一種語言裡。

我們總試著從外面尋找能看見自己內心的東西。而我總是嘗試著用譬喻，或用文字的裝飾，讓自己變成不同的人。

中學生的時候，我時常練習寫信。與偏鄉資訊或知識的落差延遲無關，不知為何本質上總有種與人間的鴻溝、過於不知世事常識的愚笨，天真的用中文寫信給喜愛的日本漫畫家，想寄到那些留在漫畫裡的地址去。一種渡海渡洋能隨時抵達，中間無有曲折的想法。買了許多航空信封至今仍原封不動存放在老家的書桌抽屜裡。

抑或，從前我就夢想著，未來勢必能擁有一個專屬於自己的空間，裡面每項東西都是我親自挑選，覺得可以用來協調搭配這個空間的種種物件。於是，生命裡的不同階段都曾在不同的選物店，依著當時腦海裡的拼圖碎片，買下一些價位還可以負擔的小東西。這些依著經驗擇選的材料，有著意義共振的物質媒介，彷彿勾勒出我未來生活的一份草圖。但走進社會定義前中年的我，只是讓這些物件勾掛在某處、寄放在想像，卻在現實中單純保留、不斷積累，積累成某種心理垃圾，伴隨我四處遷移。因為這樣的自作多情卻始終沒被應允，既無從慰藉，也無法釋懷。

我去到的每個空間都恍如收納瑣碎的儲藏室，我不知道這些物件的漂流會不會變成永恆？這些預先準備的所有事物，只是留下了一份最終不在所在位置的疏離感，如同與未來維持關係卻失去聯繫。

記不清是哪個小說家寫：我們總是被自己迷戀的東西一生囚禁。那時我初次感受到的，或許是：有一份情感是足以應付日常生活的，可是與此同時我們也會困惑於一種無法解消的情感。當察覺到那份多餘的情感之後，可能本能地會找到一種安放想像力的方式。

我感覺那既不是一種節制或壓抑欲望的欲望，如心理學談的延遲滿足、延遲享樂。大抵過早知道，日日恆久忍耐，被所有命運真的錯開因而累積起來的忍耐心，那些被「現在」打壞的微細碎片並不保證集結成為更圓滿幸福的未來。

即使千萬次的退而求其次——除非退而求其次就是如我所願。

於是，我知道了自己有種胡亂切開什麼無比堅固方圓規矩的欲望；也會對偶然性渴望。「偶然」被自己用以反抗那些表象挫折之事。因此在看電影《美國情緣》（*Serendipity*）時，可以明白女主角執著於繞路的選擇，就算從此錯過——這些何以作為好的運氣或巧合是彼此應得、命中注定的證明。

在與事物相遇的偶然之中，定位的指針也要轉個好幾回。定位就是一種永久的重新開始。

現在回想，這樣的週六樂園及其因而曾經衍生的種種，帶給日後成年我的想像是：製造一份新的敘事，足以隱蔽的切開平常。切開日子的肌理。切開時間的邏輯。切開世界的完好無缺。也想切開那些自己不想要的莫名羈絆。

這攜帶著偶然性的切開，有時會曖昧地發生在寫作，矛盾地發生在現實。或許更像是第一次的清醒：有時候，某些東西會從你原來不在乎的地方，從那背後，產生震盪。
（某些颱風之夜，聽見門外斷裂的樹枝撞擊了誰家的鐵門，或什麼物件在柏油路上滾動作響著。自己在點著蠟燭的門內坐著。遂有一種安全與不安全並行，莫名會有這樣好像躲過日常，迎向戲劇的感覺。）

然而，這是三十歲過後，冷冬日在不見盡頭的人龍裡排隊兩個多小時，只為領取幾份偶像生日應援小物的某個週六午後，默默察覺這種「非分之想」一次就夠了——試圖忽略身體的聲音，拉住自己不可逃卻，說服自己愛是恆久忍耐，以疲痿意志撐持，極為勉強的行進與抵達之時——隔了很遠很久，事到如今突然想起來的一種欲望。

在非常限定的個人經驗裡。在依然普通的日子裡。卻有那麼一瞬間覺得好吧世界其實就是一整個世界。事到如今，也是會有這樣的時候。

燃盡的地圖

活成了技術生人，不知道自己原來有多傷心。經受他人與自己的記憶，魔術箱強硬插進的刀或矛般，彷彿唯存一人還停留在那個箱子裡的那個時間。理應光彩亮相之時，大家卻注視自己身上那匱缺的孔洞。箱中之人已經被傷害過了，旦夕就變樣，旦夕就發生。不是很可以的時候，表面無事，正體不明。然而所見一切皆是尖銳的化物，發射成訊號，變形成隱喻。鬆弛無力的靈魂擠挨在一個過小的軀體，宛若蹲踞的血肉；面向豐富的人類世界與人造之物，宛若擬態生存。

憂鬱很可能是，當與另一種憂鬱相遇才確知。

藝術家高俊宏的創作檔案〈21年的蹉跎之穿越憂鬱凝塊〉，開頭引文借用了沈臨彬《方壺漁夫》序言的蹉跎，書寫自身長達二十一年之久的同般蹉跎。此藝術計畫錨對著「憂鬱」─「憂鬱後續」，到「凝結」─「凝結成塊」進行了論證。書寫死亡的恐怕必然，指出「到不了」的明確，而自己可能已完完全全的預見。

高俊宏認為，「文學正好不是所謂的『書寫自己』的那種內在過程，文學恰恰只是人們『書寫不了自己』的外渡過程，文學的開鑿、用力也不在於我們指證歷歷地書寫了內在性的什麼東西，而是我們書寫不了內在性的摩擦過程、火花過程、起火過程。」

並且反覆在文中引用班雅明的句子：「憂鬱為了知識的緣故背棄世界」……

有時我也夢想，將自己所有成形作品裡的隱喻系統如此依附憂鬱理論。彷如班雅明某日的文學大夢：寫出一本多方摘取引文而拼嵌綴合之書。貝殼與貝殼榫接般貼合，找出一種果不其然、一種並非孤例。讀了一個我，還有千千萬萬個我。全都縮微在他的研究物件裡；抑或是，面對那些將臨的書寫，即將離開的書寫，看似迂迴卻也直白的，全都凝視出一種同類，縮微成同一種寓言——

是由他自身所連結出去的一整落憂鬱星座群。

於是，便能明白蘇珊・桑塔格對班雅明最為出彩的讀解：「土星氣質」，土星照命，土星作為標誌，依其命盤與星象，連結了思想家，也同時連結了她自己。於是她這樣寫：「有這一氣質的人有時不得不舉刀砍出一條道來。有時，他也會以舉刀砍向自己而告終」；或「對憂鬱的人來講，以家庭紐帶形式出現的自然情感引入的只是偽主觀的、多愁善感的東西……這一自然情感也是對人性提出的一種挑戰，憂鬱的人有種直覺，知道自己在人性方面是欠缺的」。

憂鬱的人是我寫下的你。也是我自己。在土星的光環下，透過憂鬱的質素，彷彿足以指點了生命與時代裡的所有迷津。

有時，並非試圖依賴對方的憂鬱抵達或滲透自己，而是一種不同時抵達的同時誤解。區分出所有不能愛的，所有我愛的卻都有一種未竟的悲哀。而這些友誼存在於一種十分深沉的憂鬱星叢裡。

或如克里斯蒂娃的《黑太陽》，理論了憂鬱：源頭鎖在某種黑洞裡，活得毫不動心。所有書寫憂鬱的文字都來自憂鬱。墓穴裡將自我囚禁。

感到憂鬱的時候，在字裡行間捕捉那些小機關的動靜與小螺絲的鬆脫，偶爾感到一種立體情感的殞落。關於憂鬱，我未曾有過論理式的爬梳，對任何私人領域的閱讀皆屬機緣偶遇。沒有從頭系譜整理的偵探習慣與日後打算，不願擠向一種窄口的知識或學問。那秩序每運作一次我就覺得不可靠近。為了那些被否認的哀傷。

即因如此，這樣後退的質性，對我而言就是傾向人世生存的更多方式與可能。

一切的無盡後退，卻表演出另一種生命的創造性。我們自身即是謎，你的盡頭即是你自己。

譬若在我的私人閱讀史裡，關於憂鬱的書寫，記憶所能繫的是，賴香吟寫下了自己一代的〈憂鬱貝蒂〉。寫下那前腳雖興奮地踏進了九〇年代，後腳跟仍帶有尷尬狼狽氛圍，拘謹啟蒙習氣的八〇年代末期。曾經一起在影碟中心看片而後來先走了的友人C，與她們這樣魚鱗般多的傷痕，終於收納在一本她曾耗費長久時日逃避，只為了能夠不寫就不寫的其後大書裡。

抑或，透過另一年輕的寫作女子H，從南城北城然後輾轉來到一座東方小城求業生活，以教師身分帶來了九〇年代的藝文碎片、銀幕經驗。從而移植其沃土，引導我們產生植栽的變化。她以自己的青年時期、一整個世代的時間，為雛鳥們施灑記憶的露水。攤展了她所見過的各種愛與不愛的文本。近十年後，承接了一整套這樣的文學資源與養分，承接了她自身遭遇的艱難如涉水，由七等生啟時代之幕，言叔夏寫出了西元二〇〇〇年之後，藍色塊與黃色塊依然分明的〈憂鬱貝蒂〉。三十七度二。巴黎野玫瑰。她形容H老師：如遺族、如盜夢之人。

各種對讀倒讀，對過早的種種消亡，哀惜與追悼，召喚再次的書寫更新記憶的內容。摘取憂鬱的枝枒作喻，重造了象徵符號，不斷前後複印，將其也變成自己的所有物。年輕時期的致死事件，寫上了你的名字。詮釋一張張日安憂鬱、薄脆之臉。彷若一樁虛構事件的重新交付。

彷若這個世紀的離開延續著上個世紀末的各種離開；彷若虛空的迴圈。於是曾如此在心底驚動而淚流的，亦是一代青年所用以讀取憂鬱的那些基礎文本——又一代的在此間被好好地收納了。也收攏了相似的憂鬱。宛若同入一族。

憂鬱的效應帶來的闇啞渴望，有時會臨時參演，生活只剩貧乏、中斷的語句，卻還有想要觸摸的人類，還能處理的日常情緒，只能混亂中向世界求取規規矩矩。無法給出更多，不過反覆記得他人……但其實多半是自己的愚行。

憂鬱並不是快樂的一翻身。憂鬱使人永受困惑。不是剛剛才算明白的事，便是永遠無法明白的事。

日常的錯位。場所的悲哀。傷病的預感。擬真的憂鬱遮掩了自癒的能力。無法理解情感的不純粹與不透明。我愛的人從不是我的身上尋找幸福。敷衍自己。敷衍世界。也帶來各種虛構的敷衍。敷衍無非牴牾。人與人相處細節的粗糙同使人負傷。

憂鬱又是翻譯的斷裂，翻譯的無法抵達，是虛構的全面崩盤。人間聲音，那些話語——你所拖帶的那不斷歸零的宇宙引發的心理狀態。

踩著憂鬱的關鍵詞彙翻讀憂鬱文本，或許只能做出班雅明式的引用與拼貼：

如《憂鬱的熱帶》裡的引述，又被重複引述的名句：「每一個人身上都拖著一個世界，由他所見過、愛過的一切所組成的世界，即使他看起來是在另外一個不同的世界裡旅行、生活，他仍然不停地回到他身上所拖帶著的那個世界去。」

憂鬱豎直了千萬個理想的荒涼。然而所帶來的寫作勞動與其所創造的，不免與自我解體的渴望有關。什麼都愛弛。

譬若班雅明被這樣認為：之所以專注處理隨筆形式，也許是因總遲疑不定的他，能快速趕在自我毀滅的想法再次來臨前將短稿及時完結。

個人痕跡被排進了憂鬱者的陣列，每部作品被註記了誓約，撰寫成了耽溺自傳。彷若偷偷翻閱了一整個家族的私信病史，火漆章蓋在生命的傷口上。

憂鬱來得濃厚時，也為憂鬱負疚。能感知的不是「曾是」，而是眾多的「還是」。宛如安部公房的地圖，最末忽忽燃燒了起來。未滅的火星在文學裡倏地墜跌，失卻的言語降落紙面，即是參與了世界的景象向自己展露的瞬間。

是每一個我身處此刻；是讓每一次的歸零，都像經歷一生，都允許帶傷一生。

給點星星的人

我凝視著超商店員放上桌面要我確認的物品：包裝袋子上黏貼的電話後三碼、出貨商家的名稱；凝視著那個自己用來付款取貨的假名。沒錯。我對店員點點頭。然後凝視著他刷下條碼後收銀機上跳出的數字。倘若在此時，有一台攝影機的鏡頭專注面向我，這個層層包裝的物品與我之間，在幾顆鏡頭轉換之間，在我凝視著的幾秒鐘過去，時間靜靜耗在那裡，那會是德勒茲在小津安二郎的攝影鏡頭裡觀察到的「靜物表達」嗎？他曾經這樣分析小津的電影：「《晚春》中的花瓶分隔姑娘的苦笑和淚湧。這裡表現命運、變化、過程。但所變之物的形式沒有變，沒有動，這就是時間。」

也許就是如我這樣一個時常在深夜時分去到便利商店購物，接到手機簡訊通知後便前去取貨的女子，所能進行的沉寂時間。

只是那份在攝影鏡頭前放置的靜物，通常會是我在網路商城上買來的各項商品或書籍。那麼，會否有人願意這樣詮釋我：那表現了我這個人的「命運、變化、過程」？儘管我只是試圖以手上的金錢，與慾望拔河，經過詳細計算後，選擇一份覺得差不多等值，並且暫時不會離開，留在我身邊的東西。

回到同樣暫時的住所，拆掉一切包裝，檢查貨品數量有沒有到齊，就這樣隨意擺置在用租金換來坪數的角落裡。之後拿起剪刀，將包裝袋上與貨物單上的個人資訊：電話、領取店家的名稱、訂貨與領貨期限；將那個不知與世間的誰同名，卻完全無關自己的名字剪得看不出一筆一畫的全破碎。只是其他附著我真實姓名的各式帳單，就勢必得走遠到別家超商繳清。

我知道儘管被他人以別的名字呼喚，並不能就此讓自己假裝在過另一種生活。只是擇取了一個看似普遍、較為順口的名字。好像用鍵盤打字：以為將部分的真實隱身其後，即使說錯了話，或做錯了點什麼，那一瞬間不會被生硬，且永恆的記錄或剪裁下來，還能有轉圜與修正的餘地。

同樣在台北租屋的寫作者C，在接受訪談時這樣提及：她曾將家用垃圾在散步途中丟進河道邊的垃圾桶裡，而被清潔人員翻找出來。如檢視證物般，那些廢棄物被一一攤開拍照，寄來罰單。裡面有她吃完的便利商店餐盒，一個寫著她名字的藥袋。而循著那樣的線索，她這個生活在大城某地的人，就這樣被誰找到了。我當時拉下網頁，讀到這份文字時，同時感到驚慌與慶幸。我也曾經在上班途中的小公園裡，將手中的垃圾丟進寫上「請勿丟棄家庭垃圾」的公用垃圾桶裡，而不明白所謂家庭垃圾的定義：怎麼我一個人就成了「家庭」的定義？

沒有提供公共飲水機的租處，也不煮食。在便利商店一次扛回大容量的礦泉水，過上一兩週有飲用水喝的日子。上下班皆無法趕上垃圾車的清運時間，只能每每收集一大袋的塑膠空瓶，搭著長途捷運，趁上班時提帶到公司大樓資源回收處，如轉嫁自己的惡行。

我後來也曾在台北往他城的長途夜車上，看見一年輕女子雙手捧著微波食品，請求客運司機幫忙拿一下，以便讓她可以掏出口袋裡的車票。她上車之後，立刻選擇一車只有四個，座椅前有小桌的位置，很習慣的在夜車上看來困頓的吃飯。到站下車前，她將三銀一綠被捏扁的啤酒罐堆疊在空空的餐盒上，沒放穩地全都哐噹落在地上。

無論是離開台北，或重新回到台北，這樣的景象遂讓我有種熟悉感。彷彿在城市生活裡廉價的渣滓、丟棄的敝物，那些資本主義殘餘，反過來證成了我自己活在台北的種種模樣。從這些規則的空隙中拚命擠出身軀，不知該說是活成狡猾或狼狽。

•

對我的面孔已經熟悉的某店員，在我進門之後就將我訂購的貨品擺上桌面，他記住了我的手機後三碼，知道我最常購買的微波食物，告訴我咖啡正在促銷特價。他穿上統一的制服，別上名牌，站在櫃檯內手持條碼機，他就成了那個我記憶裡，對我喊著姐姐的那位便利超商店員。那麼，我這類曾經也站在櫃檯內，同樣的身體與意識向著門口，喊著話術口號，迎接來客的人該怎麼被詮釋？我生來該是一個怎麼樣的人？一個永遠停留在迴旋路徑上的就業青年？或者，就因為在每個深夜對紙盒飲料拉排面，說了歡迎光臨與謝謝，就必須以這樣的符號永恆留在誰的記憶裡。就像他們用來辨識我的，我的假姓名。

一份勞動工作有時就這樣指涉了一個固定而經典的形象，無論你是從哪個故事出來的人。而該怎麼更詩意的看待他人的處境與說出的語言？我有時也不甚明白人們何以在他們的詮釋裡別開目光。

各種表面選擇宛若做為「我」這個人的符號，這盡是城市生活的各種疲倦：誤以為我們其實有多出來的選擇權利，而不是城市的零餘。誤以為宛若小時候父親迷戀過的刮畫，用著並不出墨的刮筆，在全黑的版面上沿著灰色線條，一刀一刀刮去墨層。金色繁複的城市風景總是必須要有黑色襯底才能顯現。一片又一片，幾乎日與夜的縮在桌前不停地刮除。

在他們離開那個為各種絨毛玩偶裝上塑膠眼睛的代工廠，挫敗地撤退回到東北方的原鄉之後。母親曾經一邊踩著裁縫車，一邊這樣形容過客的台北城：一個腳尖從床上一踏地，就聽見錢幣也發出落地聲的地方。他們的台北時間從那之後便徹底結束了。

交映成黑的房間，我常不知道為什麼在這裡；更多時候不知道日常語言被流放到什麼地方去。手指只用來滑過社交軟體，彷彿只有那裡是一個能讓世界對自己發出強烈情感，理解一個人即時德性的領地。

每個路口便利商店招牌不分晝夜的霓虹明亮，抬頭望天時反成了光害，看不清滿天的星空。我時常一轉角出來便弄不清方向，好像每個路口都能變成一種指認時，遂搞不清楚自己真正所來之徑了。

有時其實並不需要城市裡的星星，只是越知道得不到便越想針對。這宛若就是足夠與台北城市匹配的一種傷害。

有時覺得星星不過只是天空的孔洞罷了。而每個孔洞裡都卡了成人的手指，用〈創世紀〉畫裡的姿態與另一邊孩童的自己指頭相對。

我記得自己有次在台北的街道上迷路，找門牌的單雙號時發現要走完整棟大樓的距離。驚覺走過了頭，回頭已晚。正在過馬路時接到朋友以某種軟體撥打來的電話，以一個滑開的姿勢去接，卻沒有辦法接通，錯過了來電。迂迴到達聚會地點，朋友埋怨我為何不接。我突然想起了某部日劇的橋段，一個老年角色拿著子女新送的手機，卻在心臟病發的時候，怎麼努力觸碰那個綠色的符號也無法接通，就此失去求救的機會。屬於過往的手勢是觸碰，現在的手勢是滑開。在技藝的護持之中錯過了一個人永遠死掉的時間。

台北工作數年，我能唸出的也僅是淡水紅線，公司到租屋地的各站站名。時間感仰賴捷運，距離感也是捷運。在偏鄉長大，那些道路客運兩小時一班，偶會脫班的間距，讓我變成一個不甚了解雨天在捷運手扶梯上奔跑趕車心境的冷眼之人。有時因此極為厭膩某些寫作裡，將台北街巷、公車號碼當作每個人都應該知道的共通符號，流暢地將每個人變成台北人。像背誦兩河流域：幼發拉底河、底格里斯河。那些理所當然的符號裡並沒有傾注我的情感。我不過是被佚散的人。

譬若那些已經被愛著的人，反覆展示自己不被愛之時的空盪房間。我咬牙背誦詩人之句：有人愛你你要誠實。

小學數學課，老師要我們在黑板上一個平面方框畫出幾條虛線，讓它變成立體。被點名上台的我怎麼也無法想像，花去過多時間而被責備：這你也不會。我握著粉筆在台上羞恥的抽噎起來。我只求算得出童年的陰影面積。所有的事物都大於自己。那位老師可能永遠不會明白：有些世界並不是我能看到的世界。即使成人也不能。倘若我能說出每一顆星星的名字，那一定是因為我從未死心地去明白。

抑或，最終如那些關於我在台北的人際網絡與聯繫密度的問句，我僅能做出「有是有，可是是斷絕狀態」的單一回答。

臉書的遊戲裡，我已經是個聽不到音波的五十歲人了。

電影台詞：每個生活在今天的人背後都有三十隻鬼魂。

於是，後來我在台北，滿足自己的方式就變得更為曲折了。選擇與人差異最小的抵達：無論是書籍、衣服、生活用品、單人用電鍋——等待過季或折扣，如果有錢的話我想要的這個——都放進網頁的購物車符號裡。計算可能的到貨時間，選擇領貨的商店。吃盡人間煙火。

也時常就在回到住所，打開電郵，收到商家的制式回信，感謝我的購物，希望盡快回覆系統，為我所買的每一樣商品，給點星星。就像某些店面的粉絲專頁，用星星的顆數快速地擠兌一份存在的價值。為了不遭遺棄而有千百種活。

召喚眾群，而沒有真情實感地給出滿滿的星星，稱為買五星、洗評價。各種商業交易花式自捧。滌洗得乾乾淨淨，一點汙都不能生。綴上星級，綴上星點。一顆星星是劣評，五顆星星是好評。正負相抵。

但我只是縮在桌前關掉網頁。有別的活要做。

致喜宴上的友人之子

全場燈光頓時暗了下來。所有的光源都集中投射到，正走著處女之路的新人身上。我坐在你的側邊，因此你應該只能看見我的半張臉。你看我那拍手的姿勢最後抵在了下巴，也許就像勾懸著一段搖搖欲墜的敘事。我看著新娘父親放掉原來執著的女兒之手時，想到自己或許永遠不會讓親人帶有這樣複雜的表情，不是很敢看那樣的臉。

我在他人的喜宴上重新拾掇自己，穿上美好衣著，不斷在問話與回答裡輕輕撥掉關於原生家庭帶來的沙。你們是一家三口來的。而我是一個人來的。我們被安排入座的同張桌子，共享的是一段已經過去的時間。

你不會知道這將是我參加的最後一場喜宴。但你日後將會學到，在這個場合吐露的人類話語，總是濕濕潤潤，為了重複體面因而帶有貧瘠感。恭喜恭喜。最近好嗎？託福託福。很快地將話語重新翻面。

你被你母親抱在懷中，在過強的冷氣中被暖著長大。上菜的吆喝。菜名的宣告。宏亮高尖「要幸福喔」的主持串場。新人之外的各種發話。你試圖在多樣的聲音中以目線穿梭，但幾乎都是你還沒學過的詞彙，浪花似地湧上又退去。

作為喜宴環節之一，拉下布幕的另面牆上，投影著準備好的照片集錦。搭配著歌曲，一張一張播放新人雙方怎麼各自長成、怎麼相遇、怎麼決定結為連理。收納與展示了做為一個人的時刻記憶、過往瞬間。

我隨即回想起，過去被以友人身分所邀請的喜宴裡，也極少在那些團體照片裡見過一次自己。某張照片裡，《鐵達尼號》的海報就貼在新娘少女時代的房間牆上，我想起了曾經一同與她將李奧納多・狄卡普利歐的名字背誦得至今仍十分流暢的往事。純情的青春夢。總欲望著遠方。如今則各自鼓搗了作為成人的臉。我在想，這些一閃而過的新人照片，彷若一顆句點緊跟著另一顆句點。在關係與關係之間，是否同樣重新創造或反射了在場賓客，在他人的生命裡處於什麼位置；這些對於喜宴的各種觀禮，遂成為活在世間，關乎愛及其遺存的某種模擬體驗？

在喜宴的場地，我時常想著這些正面與背面同時發生的事。如同歡慶著光亮的中央，也該寶惜周圍的陰影一樣。

比方說為了這張帖子，我獨自一人轉搭著三四個小時的車。夜晚七點開桌的喜宴，在傾盆大雨之中，來到一個完全陌生之地。無人可問路。我一邊艱難地撐舉著傘，一邊極為勉力地爬著向上的坡道，數著門牌上的號碼，抬頭辨識著會場的招牌。抵達時早已濕透，妝容也從光彩到頹圮。雖然只是屬於個人的幕後花絮，但那些在過程中失去之物，哪怕只有一瞬，都會在人的心上留下東西。

燈亮起，為了能輪流好好吃飯，你從你母親的懷抱中，被移到你父親身上，看似不甚習慣的扭動了起來。我詢問你父親，能否讓我抱抱你。你被遞了過來。以極黑的大眼珠朝著我看。望你不要那麼快速地歸納我。望你看著我作為一個人的本身，而不是一個已經自動吞下女性晶片的類屬。所有表面的「理應」與「理當」，都曾讓我感到貧血，使我感到害怕。

我將你圈抱在臂膀，朝向外面的世界。抱著軟乎乎的你，我突然記起，母親現在仍會與我在某些問題有所爭執時說：「你從小就不一樣，我就知道你是被抱錯的。」我也記起，某次心理測驗的結果寫：「你未來的情人會比你的父親還要愛你。」我為什麼會哭了——

或許最後什麼也沒有吧。一切終將化為電影裡一句：「我沒辦法照你希望的方式過生活，我讓你失望了。」

我總是一個無法讓人如願的孩子。只能攤開自己的空缺。很空很空。沒有人補上。

我們應該不會再見了。就像我參加過的每一場喜宴，曲終散席之後，各自回到原位，過著自己的生活。我希望你長大之後，倘若像我今天一樣，成為單身出席每場喜宴的人，能一一脫落所有的句子背後，別人為你掛上的括弧號。願你有切實深入你之後得來的愛。能夠愛著誰。不愛著什麼也可以。若受傷了能說你真的很痛。你若天涯孤獨，也讓你珍視你的天涯孤獨。希望你能更自由地取用你真正想要的菜餚。

還小的你或許很難理清這些圈繞的敘事，但當你開始使用話語思索世界，我希望你能明白某些事物必須一層一層談下去。而目線總有局限。有些發生是正確卻非真確，請別劃成單一的景深。希望你能擁有各種打開自由的工具。明白「有這種事」與「有這種人」，而不是草草打發，一句成見：「怎麼可能」。這讓人傷心。

在這場喜宴，我想留下這最後的時間跟你說說話。換成捧抱，你看著我卻開始嗚咽了起來。我只是對你拍一拍，因為我知道，現在我們使用的，不過是同一種情感語言。

痛苦的花朵

攝影師南・戈丁（Nan Goldin）的一段情感記憶就封存在她臉上。一九八三年某日，或使用更細小的單位，的某一瞬間。她將鏡頭轉向自己，拍下了照片，名為「南被施暴的一個月後」。

照片裡南好好地定了妝。掛著長墜耳環，脖子上的串珠項鍊一半收在黑衣服裡。小捲髮的每一道捲曲都彷彿閃著光，與黑衣連成比例占據畫面一半的深色，襯出中間那張直視鏡頭，眼底森嚴的臉：彎眉細細。形狀不一、瘀青轉黃的傷痕。破裂充血的左眼與點上唇膏緊閉的嘴，正好是相似的大紅色。這是一張南在時間裡的肖像。提呈了她與暴力的關係，她與脆弱的關係，她與各種消逝的關係。是她的身體與心靈讓人們目睹：「我還在承受」。出版這張照片，「讓我不回頭」，她說。

南的攝影集《性依賴的敘事曲》（*The Ballad of Sexual Dependency*），將她的攝影鏡頭變成視覺的私密日記。記錄下她周身那些無法掙逃的自我傾圮、愛與性的聯繫與依存、迷戀與迷思、沉溺到底的生活慾望。

南多年後回顧，照片裡的人許多都已死去。那些美好的，以及難免壞毀、難逃變質的模樣，也永恆地封在琥珀，與他人的旁觀裡了。

南以為，將拍攝進行到底便能永遠不失去他們任何一個，但她的照片卻只是「展示了我曾失去過多少」（In fact, my pictures show me how much I've lost）。

而工具加權力，記憶加主觀，有時也呈現了那種若隱若現的支配關係。我以為，那些明顯看見或藏匿起來的傷口，並沒有所謂大於、更甚、至少、無比的較量。我不希望自己的表述過於依賴舊創，也不希望因為任何傷痕被任何人衡量。

倘若只揀拾那傷害帶來的一切，彷彿關在一份記憶裡，動彈不了。那會否如梵谷臨死前說：我的悲傷將永無絕期。痛楚啟動了杏仁核，最近我發現記得與遺忘在更積極地彼此爭奪空間。也會偶爾希望能夠完完全全的忘記，忘了自己孤立無援。或至少與現實相抵再相抵，折半再折半，也能一併忘記在我想要忘記的時間裡，還有誰也待在那裡。

譬若在一個八月夜晚過於冗長的哭泣。

那晚一位友人突然與我聯繫，在此之前一夕之間，我被下定決心歸到另一側。她熱絡在網上回應了其他共同朋友，刻意已讀不回我所有的訊息，卻又不真正封鎖。村上春樹寫的小說，那沒有色彩的多崎作。往後萬事萬物總鍍著一層無解感、無法度。聚會告別前，我勇敢起來，對她對過去那幾年提出困惑。我們從她的車上下車，面對面站著。時間緩慢流逝的深夜。嵌在騎樓的燈有點亮。樹叢竄出的蚊蟲在腿旁不停試探。我微弱搖晃。她說可能是因為她想改變別人卻改變不了，自己的驕傲被挫敗了。她說了許多自己想做的功課。或許沒有整理好想法。如今那些話語我已記不全。我的舌頭宛若被冰霜凍住。像一個電視劇裡終於知曉身世的角色。她看著沉默的我，帶了笑意說，「你該不會要哭了吧？」彷彿害怕自己過於堅硬，像被重新施予恥感，遂忍不住淚流滿面。

回房後，斷續哭泣到天亮的八月某晚。每一次虛無的問答都再一次製造了十年長度的時時日日，已不能復返，因我問的是「之前」，她指向的是「現在」。而能重新接近是發現我已經都「好」了嗎？我相信她所解釋的一切，就像我告訴過她我的傷痕時一樣相信。

也許過去的彼此歡喜裡，其實包含了彼此索取的，我沒能明白的東西。言語斷層，內在割裂成塊。如巴舍拉寫：「凡是祕密的東西，不會完全是客觀的。」

過了很長一段時間之後我明白，無論是那些曾經慎重對誰吐露的家屋哀傷、可能的疾患；或者隱喻轉化迂迂拙拙地寫作，都能被誰輕易處理成一種明確的線性因果、情感的行李。

即使我最不願意的就是因為自己的災禍成為別人的災禍。雖然那顆朝向自己的鏡頭業已永遠改變我。

為了拓開些理解的途徑，盡可能逃離分類架構，我亦不願褫奪他人詮釋的權利。修辭與路徑。認證與刊載。交付或交換。解藥或毒藥。這權利也的確可以重新施暴、彼此施害。若對自己決心偏倚：他人是帶刺紅玫瑰，你是人間白蓮花。這種比較沒有意思。這些言說與表述的縫隙，片面演繹就能星火燎原。小小暴力就是起點。藉文字踩低不喜歡自己的人，只拭亮自己，以虛偽為糧，擬造創痛作祟，若記憶只用以放在攻擊之側，那樣的技藝者有天拐彎抹角會踩進空洞吧。

傷口撐開，記憶塞入。時間不會就此停住。其後，每當我想從某個瞬間抽離，卻很難隱藏當下時，總習慣心中自答：有點事。我的事。我沒事。世上真有不哭泣便感到惋惜的事嗎？都不算一回事……

這記憶有過。我已做不到鉅細靡遺。只是霧霧茫茫等待一個短暫的停頓，等待畫下一個註銷的印記。活成雙雙方方的鏡映：成全了忘卻，也投影了殘餘。

雖然痛苦總是在各種軸線中被放得比較前面。

我的善忘、冷情與痛苦總是就在那前面。

曾在那裡——Show Me How Much I’ve Lost.

窗戶

旅途悠長，在那些不可逆轉的生命活動裡，我總是回到自己。

看似透明的一整片存在，總是讓人只看著遠在玻璃隔熱紙上的外邊風景。

眼底總有那些無法移動只能繞過的石頭。

銘印的總是那些不知能抵達某地，時間也不知何時終止的疑惑。

攤開的總是人生幫命運徬徨我之事；是提線人偶般的僵硬；是被迫停止的記憶所以靜默的話語；與那些未曾真正離我遠去，如今依然承擔的生命印記。

我們看見，或隔著什麼讓他人看見的，或許也僅僅就是一份關於缺口的作業——或許只能先看見那些雖小但鑽心疼的傷口的所在。

在無人聞問的窟窿裡，在始終陷入的浮沙中，容納了各種天真無力的祈禱，死亡成了一段最終也極限的規限。

仍待在黑暗裡的人，對一點點光的感應只能更加敏銳。

而在那樣極其有限的光照經驗與光照範圍裡，我們總是只能看見那些被映照的東西。於是，反過來說，那未被映照之處，是否亦有另一種光？

「光」之難以定義，因此也難以固著。我在書寫裡明白的，唯有如此：

有些傷口就是這樣的永恆了。而有些永恆裡或許也會有光。

最難解的迷宮

長途通勤來到第三年，從未在任何交通工具上遺漏物品的我，最近丟失了一頂天藍色的帽子。

那時是早晨六點多，第一班接駁到轉運站的小巴士。我記得收傘的動作所以應該下著雨。走進車體像走進一個週間的早場戲院，只有我一個人。接近做夢的恍惚。接下來我會經歷三種不同的轉乘方式與地點，加總近四個小時的單次車程，直到這趟通勤抵達最後的目的地。

三年期間，沒有跟任何一個人一起乘過車，只要一張儲值了足夠金額的悠遊卡，排進隊伍，不用說出任何一句話。方方面面各個角落，一個座位填進一個人。我把自己沉進單人座椅中，司機廣播通告前拉起安全帶，耳朵掛上音樂。因為即將先通過一段一小時半的早晨，不需要特別的精神，或者互相動搖。時常用車上的免費 WiFi，收些需要即時回復的工作訊息。會是就這樣過去的一天。

被車身輕輕帶動，停留在任何人都靜止的畫面。我的身體並不想在此刻翻譯任何人的語言。試圖對他人在這個空間裡過度戲劇的感情無有感情，平靜如昔。

到點下車的長路途，意味不用久留，只有下一個地點，再下一個。很適合處理選擇之後加乘的曲折。但不能過於放鬆，否則會變成容易流淚的地方。並在無法改變的風景中，逐漸變得小氣；或被自己的恨意真真切切的包剿：做出這些選擇的時候，到底是怎樣的從前的「我」？

極為平常的路途，車子因紅燈暫停在斑馬線前，透過車窗，我看著黑壓壓的人群過一條馬路。從街道的裂處衍生一樣地湧出，好似只為了遮掩背後那座巨大的迷宮。某刻我也會想起那頂丟失的帽子。然後，想起童偉格寫：「果然世上，最難以破解的迷宮，就是盲眼詩人所說的那種，只由一條直線構成的迷宮。一種每次折返回原點，轉身再次出發後，都只能追及原有路途之一半的迷宮。」

彷如毫無一絲靈感的時候談論靈感，有種每週坐車通過長長的雪山隧道之際，車上免費提供的網路訊號總會突然斷了的感覺。或如同電影《寄生上流》（*Parasite*）啟幕，兄妹倆在地洞似的屋子內，連連看的遊戲般，這個角落，那個角落，四處蹭蹭陌生人願意給予的善意。在有隔之物中尋找那些橫亙在某處，充滿不精確性，模糊曖昧，然而卻都是高舉著，伸長了手，加以試探的一瞬間。以往上的姿態。也因為總是從很低很低的位置開始，企求一份希望能持久的東西。

現在時常是，發生過一件重要的事，但我幾乎想不起細節了。只記得說話時嘴型張闔的畫面，但那些語詞就像消音那般，沒有讓誰聽見。彷彿當初說出這個故事的人已經不知去了哪裡，卻因為被重寫了下來，所以留下了可供追蹤的漬跡。以前那些情感殘餘，草草寫在急忙撕下的各種物件上：日曆紙、筆記本的邊角，沒有規則的保存在透明資料夾裡，放進抽屜底部，安安靜靜的沉積，簡直一座日式墓園。如今填進手機的備忘錄裡，只留下關鍵單字，在記憶的超荷下，牽引成了暗號，終於變得連我也不知其意。

如在那些甬道裡迴盪著生硬的問句——對這個世界，難道你只能明白這麼多？

我試圖分開我的身體與我的心。好像不可以。最終我選擇淡化感情，走往抽象。我能記得的只有宛若被時間封存，層層疊疊，死而復生的永恆。但察覺到重寫才是靈感的結果。因故事總在另一邊，有時也在刪除鍵中突然發生。而通道通常只是為了通過去。

直到有天突然聽見心裡在說話：不可以跟文學要補償。不可以跟寫作要補償。看著窗外，便在車上堂皇地哭了出來。

鵝似的垂下脖子，醒來之時我也常弄不清自己現在在何處。車上無風，但有空氣清淨機，非常親近現代生活。理解了光的變化，就把窗簾拉上，光底下就很刺痛。

一月降下電話亭

我倚靠在門框上，右側肩膀那裡傳來皮膚與不平的木頭接觸的感覺。一點潮濕又寒冷的氛圍，身體應該剛剛出了使用過後的浴室。有一個高低差的感官印象，應該是其中一隻腳踏在了門檻止水墩。一台帶著大屁股的傳統電視機，放在書桌上。我看著電視機裡的演員，在一個偏黃的色調裡說話。只是需要一點聲音在旁邊，我似乎沒有聽進去，漫不經心地刷著牙。我記得那是《星際大戰》系列電影的連播企畫，有這樣的廣告留在腦海裡。但卻無法肯定而準確的說出，我為什麼要把這個畫面記住？這個地方在哪裡，又是哪一年的哪個時候？只能倚賴事後推測。

沒有事件發生，所有的物事彷彿都留在僵硬的一格，等待我用相對的方式重新拼貼。但只要稍稍回想，就覺得非常頹然，那也應該是一時片刻心情的重映。更像是記住了一場夢境般，卻殘留一個身體的感覺：有一根不能被看見的提偶線，虛假又反覆地運動，提拉著所有敘事與意義的展開。

當我想要向他人說明我生活了數十年的地方，仍說不出那些街巷與路名。或許在聆聽者的想像裡，家鄉更接近我不真的熟悉的異鄉。我不知道明明從青少年時期就開始去的鹽酥雞店，店名到底是什麼。當我提到某間店鋪的位置時，總必須說它在什麼什麼公家建築（通常是郵局）旁邊，什麼什麼連鎖店（通常是藥妝店）附近。這屬於我的google map，我的按圖索驥。

原先就擅迷路，看地圖的時候總不知道該面對或背對目標。那種出口直走的指示就得猜測往左或右，沒有運氣，時常猜錯。對我而言，那是一種抓取什麼的模組，一種抵達什麼的記憶點。

只是也常常忘記，事物總是消逝得比想像更快，過一陣子覺得有點懷念，再去尋找，原址上的那棟建物或許還在，但原來的裝潢已經都沒有了。

當我與還不甚相熟的朋友解釋某個發生過的事件，解釋那些事件帶來的後遺症，重複地解釋那時與現在的自己，才突然重新意識到的一件事：我或許總是以更容易毀壞的東西當作標的，搜尋那些相對的位置，以形成自己的記憶。

•

學生時代，因為這樣的記憶法，吃了點學生式的虧。一位嚴厲的音樂老師，要我們一學期至少參加一次藝文活動，否則最後會在總成績上扣分。住在偏鄉，跨過兩個城鎮，去讀最好選擇的升學女中。凌晨五點起床上學，騎二十分鐘腳踏車，到客運站搭乘學校專車，在車上背早上小考用的英文單字不知不覺睡到腦袋不停敲窗，一個多小時的時間才到學校的孩子。也沒有錢，只能參加週末那些借學校場地舉辦的免費公演。約了同學，完完整整地聽了一場音樂會。到了向老師登記的那日，說得出音樂會裡有某首曲目，指揮做了什麼。我看著那個以偏心出名的老師，沉著臉，沙啞的聲音，吐出質疑的話語，原子筆頭在她的筆記本上噠噠敲出聲音來。儘管委屈，但就是無法在那下課到上課的十分鐘想起那天到底是幾號來著？年少的我，只是強調自己真的真的去過了。幸好一起去的同學在這樣的拉鋸中看不下去，跳出來作證。但期末出來的音樂成績，終於全班最後一名。沒有餘裕的人對於這樣的空隙，別無他法，只能臣服。這大抵也是另一種時間與記憶之間的銀貨兩訖吧。

那是一種非日常的圍攏。因為感受的方式，以及感受所出現的方式，定義了四分五裂的我，定義了我的生活與我的記憶。那時開始，我有點明白：有細節，可以指出細節，但在某些人眼裡不像真的，就不能是真的。

年少時光，你的專屬記憶常常被遣送回返。尚不知道比謊言還要謊言的故事，往後俯拾即是。我突然想起那個童稚時期流行過的，在他人的任何話語後面接下「的相反」的遊戲，會否那些表現出來的東西，加上了括弧號，最終全部都相反，都能夠翻新？而這樣無法準確指點出各種符號，甚或提出一段記憶以證清白的自己，似乎也有種什麼都不上心的嫌疑。彷如一隻程式系統的瑕疵小蟲。

在那個狀態裡，任何人都能生產懷疑。而那些自己記不起來的事，也總是成了他人評判自己時的過欄障礙。

任何可能性都覺得是選項，於是成為一個時間感與方向感都極差勁的人。

小說家艾加・凱磊的〈謊言之地〉——當你在生活裡遇上你童年開始所說過的一個又一個謊。那些你以為無關緊要的小謊言，都重新安插在你的生命裡。那些以寫作為技藝的人，會不會曾經為此感到恐懼？我開始想要訴說關於自己版本的記憶，記住那些艱難敘述，無依無靠的時刻，即使用笨拙的語言。有時是因為恨世間，恨那些為了人際的集點紅利，誕出的浪費、虛偽與荒唐，說出來的令人厭惡的半真半謊言。

有時突然就這樣降下了一條提偶線，在我頭上，與後來的情感連動成了三角形。我也將會明白，人們在公開表演裡，假裝它不存在亦不需要看到那條刻意透明的提偶線。人們並不想學習成為提偶的傀儡師。但那些一牽一動一頓就是人所存在的痕跡。

而死亡日復一日，在創造，在實與虛之間創造。有時則是拉著文學虛構的那一條線。

•

我以為自己總是先記住了那些屬於旁邊的東西。

為了那年夏天雜誌社協助舉行的跨國會議，被指派承辦這項工作的我在前一年開始著手規劃。一一寫信詢問我地青年創作者、研究者參加的意願。與他地來來回回通信，附件ＡＢＣ，統整了三個窗口的不同資訊。我記得因為期限的關係，某晚近十點仍在辦公室修改企劃書裡的字句、調整字體字型，趕著夜間郵局的關門時刻。我記得第一次去大單位，搭高鐵也是人生初體驗，吃不下任何東西，有種原始人搭上時光列車來到現代的感覺，一直看著窗外的機械。三個多小時極快，時間感卻仍慢，風景模樣啥也沒記住。到達館舍，一起過去的上司負責口頭報告，我坐在旁邊呈現內容操作電腦的向下鍵。一緊張就面無表情。餘光看著聽取報告的一位人員，吃著外帶紙碗裡的粿類或鹹粥，那時才意識飢餓。美食之都，美麗古都。沒有停留。早上從辦公室出發，跨越幾座城市，傍晚又回到辦公室。

其後浩浩蕩蕩成行了二十六個人。每一封信主旨用一樣的方頭實心括號，提醒證件、提醒航班、提醒住宿、提醒議程。新增的修訂的更改的。處理海報、封面、文宣品的溝通與校對。各式證件的新辦重辦，出國回國日期的不一。收取兩吋照片、收集所有稿件。所有細節瑣事進度，連帶所有與會者聯絡方式臉書帳號枝微末節都填進 EXCEL 五六七八個分頁裡。還沒有時間去辦我的護照。

某天晚上，約八點半，因為那是平常下班回到租屋處，看到有人仍在用餐走進去被周圍餐廳拒絕又走出來的尷尬時間。有一陣子大量吃著營業時間較晚的滷味或者鹽酥雞。回到房間打開電腦看見，V 在她的臉書轉貼了一個數位藝術中心的展覽活動。地點就在我當時租屋處的捷運站附近。我想著週末休息過去看看。

V在創作者、藝術家、評論者各種身分都極好，我亦是她的追跡讀者之一。這場會議邀請她以研究者的身分加入。通訊往來中間，她突然告訴我她讀了我關於台灣電影的碩論。那時我已離開學術場域約八年之久，畢業之後的工作也與文學毫無相關，沒有涉入自然不再關心。因為種種原因，自己仍寫著什麼也已經不寫什麼。但她不經意的溫煦話語，覺得自己做過的事不是全然失去了曾經以為有的意義。

最後一次臉書私訊，告知她最後確認的與會者名單。她的文字傳過來，最後一句是：開心！

千里而來的，正在路上。非常期待見面。

那時是六年前的一月，她永遠睡去的十天前。

獲知消息的那天早上，我坐在辦公室裡。除了每月專題的籌畫邀集，還有一項工作是記錄台灣文學圈子裡重要的訊息。我坐在辦公室裡，以固定的格式，補上了V的一則記事：生卒年、學歷、著作。同時預備進行下個月號的紀念小輯，邀請V的朋友寫紀念文章，邀請V的朋友提供生活照片。

從那時我慢慢感受了一道有裂痕的玻璃，戲劇性地阻隔在那裡。在我與生活裡。在我與世界裡——世界一片模糊，只有悲傷的感情確鑿無誤。我坐在辦公室裡忍不住哭泣。

倘若有人回頭問起：一份生命的逝去與你現在所做的選擇有什麼關係？我依然無言以對，無能解釋。如果我不想過於簡化那些喜怒哀樂，及其創造的每道彎折。

夜晚回到租屋處，當時也是與會者之一的研究者S傳訊過來：至少V這輩子有做著自己喜歡的事情。

會議將在五月舉行。重新邀請一位與會者，再寫信給他地的窗口，窗口回：怎麼會？很遺憾。幾個月後，重新寫信給與會者，告訴他們之後這個窗口將有新人承接。作家 B 說，你應該跟我們去的，當作畢業旅行。他地窗口說：學習了很多，原來很期待見到您。但後來，還是沒有去。將交接事項存進公用電腦資料夾裡；也將所有痕跡列印成一張一張的 A4 紙，完整的放進檔案夾裡。一頁一頁翻著厚重的紙本，將每個 EXCEL 分頁記錄了什麼，一路經過，重新為接續的新人解釋，也應答她過度擴延的情感想像。

離開工作，後續聯繫依然每封來回幾乎七次起跳。在工作裡仍想記得所有的善意，選擇性遺忘有過的惡意，但總有一些情緒不知不覺沉積了下來。或許這就是時間，及其靡遺吧；或有不能和解的，在事件裡的痛苦，我遂變成鉅細地記錄下來的人。

•

同一年，尊敬的研究所 C 老師與師母到雜誌社為某專題進行討論時，看見了我，一直積極勸說我應該趕緊出版作品。同輩同代人作者誰誰已經出了好幾本，為什麼你毫無動靜？我告訴老師：是我過不了自己這一關。老師繼續說服：這樣更應該丟出來讓市場檢驗。我只是不知所措地重複幾句：我過不了自己這一關。我想要先過自己這一關。

C老師在那年五月過勞病倒了，至今仍深深睡著休息。

怎麼解釋一個人所留下的意志，那些走到前方的人，因此守護著另一個人的日常？

陳述與復原。我其實並不明白能復原什麼。有時候我們只是用眼睛看著別人的黑洞。我能做的只是感情用事的終於退了熱愛回顧又回顧那年五月孔雀般展開自己動態的一個追蹤；感情用事的遠離。在那些自拍與自誇，依著功利動機，媚於套路的社交文字裡，我又看見了年少時期開始看見的那個所謂人間縫隙。小奇怪的，那種縫隙。

人生就是各種表與裡，創作也就是這樣的表與裡。在某份關於事實的微妙之中，明顯利用他人創造文學上的戲劇性，或許也很難被同意。於是，在心裡各種追問：用字回返，以愛為名的手術刀就可以隨便拿來切開他人？不再相信那些談論自己如何選擇善良的人，他們可能就是時常忘記自己隱藏奸惡一面的那類人，選擇性的在口中將他人說成寇讎仇敵。

有一份聲音的敘說，在我心裡，乍聽模糊不清，卻又縷縷清晰起來。我知道那些語言與裝飾符號有利了什麼，跳過去與掩蓋了的又是什麼。有些欺罔並不被看見。眼見不是一切。

但我的記憶就不帶來危險？在報信與不報信間我有任何資格嗎？如果我總是看見那一串掛在「背面」脈絡的東西。

所以有時，降下的不是提偶線。而是一座電話亭，我關在那裡緊握著話筒，撥打那個無人回應無人接聽的空號碼，對著話筒重複地說：也請聽聽我的記憶。請先不要質疑我的記憶。這不是全部的世界，只是我經歷我記得我想說的世界；只是在那個有、沒有、有的訴說裡看見了那個「沒有」的空隙。

之後一年多，因緣際會出版了第一本小說。少有宣傳。原來心裡十分平靜。有一天醒來卻突然害怕極了。害怕人類。害怕寫作外圍有的沒有的東西。原來能一起參加會議，最終沒有見面的小說家H，在那年六月的報刊專欄談重版出來、編輯種種；談漫長的時間艱難地留在寫作裡或艱難的放棄。靦著臉發現自己成為被舉列的幾則例子之一。

H問：作者在這十年都在做些什麼呢？

H這樣答：可以從作品裡追索的並不多。

那十年之間到底做了什麼？又過了幾年了，我終於可以寫出一些悲傷了嗎？不冒犯？不僭越了？無論寫作抑或生活，我還是時常過不了自己的那一關。

不知道這是否亦是一種壞習慣？覺得一切發生都是自己的錯，是種向心力；卡通般靈魂往上飄出來告訴自己這些並不是你的錯，是種離心力。離心向心洗衣般在意識裡不停作用與旋轉。

擅發人生箴言的友人，某日以莫非定律安慰我，順帶一提：運氣或許更是種上層建築。那意味資本交換原就仰賴地基。但也總有，唯獨不肯交換的東西——如孟若小說裡後悔以誓言交換的願望——那些愛恨情仇的沉溺：祕密、報應、選擇。

恨世間。空笑夢。一場風聲。有限造句。有些被要回去的，真的多了。

於是久違地想起多年前那時候，我只是想著若能找到一點點微弱的光。就只是這種最為普通平凡的隱喻：只要一點點光就能拯救走什麼。但書寫卻總有不可抵達，始終模糊的核心；但降到生活來的象徵，總是那座困在過去的電話亭。

後來我也不知道在哪裡讀過，第一座電話亭製作參考的原形，原來是墓園裡的墓碑。

那些夢們

她從來沒有成為被誰託夢的人。

每年年初讀一次蘇珊・米勒的占星預言，是在已知的壞運氣裡，試圖過上未知可能的好日子。在那偌大的天空中，選擇別樣的連理，緊挨著幾顆有名的星星，坐落自己一年起伏的運勢。如那一年這位美國占星師這樣寫道：土星與冥王星相合，許多占星學家擔憂世界中極權體制的復辟。她接著寫：「星體往往考驗我們對某些價值觀的決心」。彷彿終於來到一個很近身很近身的魔考時刻。

最壞的是，把遊樂場裡所有地上造物全部掀翻；抑或，拉下那些關於「我」

的各種攀爬，如融化的橡膠從頭澆灌，重新模塑文明骨肉皮。在話語的模糊，定義的推遲之中，衍生出她未來的命運。

每一天她都等著推開一扇夢門，走到一個遙遠的地方去，延長那些自由的時間。直到有日她突然察覺有人在那些出月亮的日子裡，企圖在土壤表面施作符號。鋤頭在遠處斜斜倚靠著牆。在這些人事葛藤、虛假新聞裡挑戰的總是那樣島國人熱愛的「五分鐘看完」、「一分鐘讀懂」。即時的包裝與利己的理解，依附在一種沒有邊際的日常生活裡。再遊戲般地在人們的口中轉動拋接。

有時作為刀俎下的材料，宛若在每一道盛裝的器皿下黏貼了密符似的。如律令：要學會忘記那些沒有名字的日子。被同一種標準凍結、生成、清新可喜；要學會相信終會因為一枚好看詞彙的展示而在每一瞬間被各種人事各種允諾，就此自被資本主義控管的生命範疇、萬種牽涉的權力結構之中完全逃脫。貴時卸丟賤時蘁。每一道器皿其上的附喪靈魂齊聲吶喊的「我不願意」或「沒有道理」，遂就此無容地消逝無蹤。人微言輕，就連嫌惡心也是輕的。聽不懂的人說不要再講這些事情，沒有意思；聽懂了的人說不用再講這些嚴肅的事情吧，人生本就是一次性的使用，生活的訊息已經日日烘得讓人很疲累很厭膩。

就像在年與年的交界之間，處理的是一種剩餘的時間。或許處理的更是一種不願意的時間。宛如睡與醒間，不知不覺地催生了一個正走向盡頭的時間嬰兒。

在記憶的沖洗、日常的血腥、記憶的沖洗、日常的血腥，不停交錯中數算步履。最終只能劍及履及劍及履及。

她想起了第一次在電影院睡著，日曜日散步去看的紀錄片。她在藝術裡拉伸眼角，卻在戰爭時期沉沉睡去。跳過了一大段時間，突然驚醒時身旁的友人正專心盯著銀幕。直到會後友人同她告解，才得知她們竟在不同的片段各自昏睡。她夢見了一個水上帝國的水下史。她活在國家的災難裡，一出生就是情感的負債，糾纏在藍色的蜘蛛網、玫瑰的瞳鈴眼之中，眼球漸漸被藍光煮熟，而將他人的痛苦馬賽克。

她所需要的從來沒有來到她的夢，可是她仍然想找到一道純潔心靈的永恆陽光。她不想成為在這份生命地圖中被消除的人，她不想要被忘記。她想要打開那些夢門。

也就在夢門之前，她感到了生靈與死靈一同席地而坐，地面滿是擦過的恨意。心是無底溝壑，解靈還需繫靈之人，她所能做的唯有繼續寫作。她知道自己那一年的書寫大抵將會是吸盤與牆面的剝離。

其後她依然要從時間裡走出來說：是的呢，燈是人類才需要的東西。但已經離開的人仍然有傷口。幽靈也有需要照亮的傷口。

搵水的人

當她重述那些故事時，彷彿真的必須要去證明那些懸置了——因著已經擁有了一種將書寫重複修改的寬綽與自由。用盡在這個時代所能遇上的、能被允許的語言與字詞。試圖找出在世間撐得更久的論述。穿串情感力量的針洞，布面踏出一條筆直的縫線。彷彿那最終只剩下美學與技藝上的困惑。

一段過長的結繩記事。有段時間她的寫作總想這樣起頭：幾年、某年、數年。每每用力打了時間的硬繩結，以為如此才能將屬於「人」的盡頭再往自己拉近一些。但有時，譬若在書寫一份關於島嶼解嚴後的課間報告裡，她首先注意到的還是繩結與繩結之間的那份空缺。所有落入那時框的產物都變成了特殊之物。這中間的時間卻變成一種曖昧的區域，這裡面有情感上絕對無法赦免的物事，都跟著被編織進去，一節一節的扭緊。

當試圖以手指指出這座島嶼解嚴的時間，一個看似確定無誤的節點，宛如僅僅一夜的劃分，她的影子曬在這座城市的路上。她以為無關緊要的都可能讓她的行走消融。

只能就此訴說：我所能給予世間最大的善意就是告訴別人我的痛苦；只能諸次反問：之前與其後，這些關於「我」的卵殼將會存在於哪裡？關於「我」的影子被打薄（或層層厚疊）成什麼樣的姿態；被所謂的命運牽引成什麼樣的人？是否有足夠的堅強心靈與足夠的經驗去保護這些因不同時間變化的自由？

而有時，或許還是忘卻了詮釋的各種時差。戒嚴終結，島內人的繩結實實打在了一九八七年，外島人的繩結卻往後打在了一九九二年。刻意的延遲，岔開了兩條時間，懸吊了五年之差的一整個昨日，如敘事的彎繞。

就像她這樣一個八〇後偏鄉小鎮長大的人，並不真的感覺自己存在於那樣的時間性之中。小鎮裡人的脫節與煙消雲散都十分容易。只有私有的末日與禁令。若有繩索他們不會拿來記事而是拿來自縊。

幼齡的她很難明白那些差異，不知道失去各種參照物的恐懼，也不知道對參照物的渴求是如何被取消。

成年之後她填塞在島嶼不同的城市裡，因襲著世界所設定的文法，說著與勞動父母完全不同的文學語言。只有穿插母語時，某些音調的強烈，反成一種方式，播映了她的來處。

其後她學會選擇課堂，卻錯誤理解了某個理論語彙，在上課時被老師直直點名出來，說她的大綱是「一個犯錯的最好例子」。那時她才真正感受到某種斷裂氣氛，明白其實沒有誰在乎誰背後拖曳的那一整塊根與路徑。生命只要有了一種變數，便隨時可能成為一個鏤空之人。終究也非天上掉下種子便知盡原先不可知的土壤與植栽。

小時候的綜藝節目，約莫即將進入九〇年代。一個名為「雞同鴨講」的單元，那些當紅偶像的受訪話語之終端，被重新拼接成謊言，問答成誇張的笑點。爾後再播出完整訪談以澄清——看著那些剪輯實際作用了些什麼，如何吞沒坦誠。拿走真正的話語，裁開它，扭結它再縫合回去。重複繁衍那些不合邏輯。破碎不成言。如同一種仿造自由的同等句式。

有天她就學會如此起句：「就理論上來說」或「從字面上的意思來看」……乾枯的意志掩錯了傷口。

友人讀了她的敘事問及能否改得具體一些？她說她不知道該怎麼辦，可能是技藝的問題。她只會把心移到正中間，旁邊切出更細小的單位以收納零餘。時間剪除了她的注視，剪除因果。她的敘事是海市蜃樓。她為了自己只剩抽象沒有情感支撐而哭泣。

她想過就此換一個名字，才能更具體且勇敢的寫作。

一種皮影技藝，後背著光將模樣解析。也是普魯斯特在《追憶似水年華》裡寫：「現實折過來嚴絲合縫地貼在他們長期的夢想上時，它蓋住了夢想，與它混為一體，如同兩個同樣的圖形重疊起來合而為一一樣。」

現實折壓過來。折壓了過來。折來的遠方實則已經近到讓人忽視。

生命事件如從夢中剝脫，像某些訴說被無盡推延，某些寫作無盡的停滯。她沒有其他的歸屬也找不到自己的珍稀，只證成她存在於這個世界的意願，是容許，或許，更多是容忍。

這文字承載著她的靈魂注定極低極匍匐的搵沒。注定汙濁。希望那也是上岸的過程，是搵水之人在各種故事裡的每一個瞬間緩慢而濕淋的上岸。

土撥鼠日的悲傷

幾個入了黑夜之日，對全世界失了戀。活得像一面無事可做的鏡子，想直接被照出原形，又不想那與自己真的有關。

以為只要將昨日的自己補進今日，將黑夜補進白天，日子可以就這樣毫無特徵地過去了。但那些零零散散的犯錯，種種不對勁、不著調；全部的精神宛如壞損抽屜般，被恐懼驚動，一個接著一個，失靈地滑到了地面上。滑走的抽屜裡，堵得滿滿的心裡物事、只是暫時存置的內裡，那些鬆脫的、折舊的一切，跟著被攤開、甩落出來，無盡的滑曳。

必須度過那樣亂糟糟的時刻，無論如何來來回回地重新檢視，總還是會覺得自己的確是「特別」的，是被命運「特別」拉出來折騰的。

有些錯失無關緊要，有些介在要命與稍微要命的時刻之間。例如不明白什麼才是最正確的脈搏；例如找不到任何可以保護寫作的方式；例如察覺了一種不對等的情感回應；例如你明白了在所愛之人的記憶裡，自始至終半點不有我。例如你以為在自己的生命歷程裡，神而明之的東西總是會很投機的出現，對喜愛之人施予智慧，但你沒有感覺被愛著。又擔憂這樣過度的愚昧到底怎麼回事，難道不是反被誰懲處？只能重新創造出一些神啟時刻。

後來你跟友人在談話中起了些許齟齬爭執，壓抑過久的困惑突然爆開，你以為自己每每在交誼中交付了所能給予的，為別人的挫敗努力幫忙找答案；傾聽抱怨，安撫焦慮，同時直率丟擲話語以紓解你對人間同等甚或更多的怨怒。一個落水者用僅存的微弱之力想去拉起另一個落水者。不自量力。倖存之後掙扎起身，卻發現他人腳下堆疊了石塊輕鬆站在那上面，手指早就伸給眾人，每根都有人幫忙牽引，只是假意在水面拍打滑動，任你看著心驚。於是，你一面對友人的得救鬆了口氣，但一面不免矛盾的感到背叛與荒涼。更多的是錯付。以為同伴的錯覺。但這些並非認為自己付出了什麼，就能從別人那裡交換回些什麼，不是這樣的迷障。

在經過了許多人生事件後，你不知道誰誇飾了多少自己的難處，也不知道你是否應該繼續承接這些難處。最後發現那種近似雙面性的情感，讓你著實受夠了傷害。後來你企圖在交誼的過程中，將一些東西重新釐清看明，想要測試，最好有藉口可供遠遠的逃離。

這些原以為是個人好惡的基礎問題，或許是因為你已減損了許多對人的信任，畢竟沒有人知道另一個人真正在想些什麼，也無從得知當問題從外邊丟擲過來，那些你只提供給固定信任的人的反應與文字，會被如何的轉述出去，在口中會被怎麼說。

你沒有過往那麼多時間了，已經到達你的臨界點，已不想在身上被刻劃同一類傷口。你不是不知道，人與自我之間有時分離，有時相合。然而，面對人的多面性（當然也包括自己的），這樣的無意瞥見，反而帶來了自身的險峻。人有時會為了表達自己裡外如一的一致性，扮演得更逼真；為了掩蓋某些成分，進而逼迫他人。你試著寬容這些情狀，卻變得異常艱難。

你同時也開始假裝這只是個人運氣的暫時困頓、溝通的些許顛簸。但這些事若反覆的發生，在另一個人身上同樣發生，你會覺得一定都是自己的問題。自己大有問題。自咎甚深的你開始憎惡自己。

當你察覺了已失去修補與彌合的可能，像個委屈又無能辯解的孩子低下頭看著地。有一塊你無法解決的內在的東西在那裡。

原就彆扭的你更用力地將自己轉進一支鸚鵡螺旋裡。

又或者例如，你在自己的文字裡看見了那些重複又重複，迴圈又迴圈的痛苦意象。那些夜間場景。那些內在凹口。

為了讓自己好過些，偷盜小說家口吻，把情感歪歪斜斜傾倒，再三複寫這樣的小說句子：不見得你比別人更痛些，只不過你表達得精采些。不見得你比別人更痛些，只不過你表達得精采些。不見得你比別人更痛些……

令人悲傷的悲傷又落了下來。終於也有人厭倦再安慰那份凝止不動的悲傷。你將字鎖在紙上，偶而試圖讀出這樣的句子自討苦吃，再求同伴，如香港作家李智良在他的作品《房間》裡，在其中一篇〈只是好想寫下去〉裡這樣寫：「那渴望，在吃力描劃之時加附了自己進去，然後取消，昏暗中那個模糊的誰的身影，有普通人的特徵，突然和自己照面，然後取消。」

宛若電影《今天暫時停止》（*Groundhog Day*）的主角被困在同個土撥鼠日，困在永遠的二月二日。在同一天、同一個故事、同一類對白裡面被計算出總共困住了三一七六日，等同於八年八個月又十六天。令人難以快樂。足以致人癲狂。

但你日夜的生活與書寫，一如往常，像土撥鼠般給丟進暗洞裡，等待事情發生，等待日子到來，等待著言語中逞強攜帶著的希望乾脆的被就此抹去。

土撥鼠日又過一日，終究只是個土撥鼠日。只有在每一次感受更新之後，才能串接那些斷裂的時間。每一日的差異才是立體的碎片，帶有新的意義。你不知道那麼多被告知、被安慰的「總有一天」，為什麼不能就是「今天」？但那暗洞是你的全世界。春天被冬天永遠冰封，所有人永不知情。你是已經報廢的報時俘虜，掛上沉重石頭，無法現身，無偶有獨。

又如《笑忘書》裡寫：「邊界的意思就是，可以接受重複的最大限度。」重複不再使人幸福，不好的才成無限。於是，每當重複到身邊來，便再次感覺這世界，其實也不再需要，你的回報或詮釋。

旁騖不飛

來到這個年紀，像親吻一盞燈般地，認識了世界。有些物事能藉明亮知曉；有些依然隔著，不詩意又燙口。

然而冬天裡的一切對我來說還是太重了。空氣。雨日之類。各種的疊加與擠挨。像整棟紙屋子都浸在水裡，而我帶著濕透的屋子四處行走。過小的手，也無法在需要出入洗手間或上下階梯時一次抓取或提高衣著的下襬。冬天的身體給世界摘了眼球，彷彿長出了千隻耳朵般敏感，聲音總在耳廓繞不出去。簡直整個季節都在抵禦這些聲音，把時間通通都耽誤了。

因此虛構什麼的時候非常非常疲倦。銘寫的時候，墨色若在紙面上落了一些，總覺得自己在用腦袋沾墨。

我無法想念任何一種聲音，最具體的東西其實最磨耗我心智。它不能是日常的階梯，只能是軟性的物質，活在一部電影或一種物語裡。重複的無法只會休克我。總如《黑暗托馬》裡寫：致死的哀愁前來與他相遇。

出月亮的深夜，我總圖謀沉默，有時我會像是去了那邊，想著獨屬於自己的煙消雲散。一旦遭逢崎嶇的人聲，我的心就彷彿再一次跌在要繞過的礁石上。

這個冬天我有了初次的換日線經驗。去履行一種注視。飛行到時針整整前進一格的地方。忘記自己現在的拮据而決意履行的長旅途。我以為自己終於被允許來到這樣的時間。

過往的所有起心動念，握住偶然的機會來換取。因此我明白都有它日後的必得償還。有些事還是唯有心底感到有點光亮時才能做的，畢竟不再相信驚嚇裡有明亮。粗糙定有粗糙的可能，難受也有了難受的預期。

日日買食。四處散策。眼套濾鏡。看著融了雪的地面，求籤綁籤的路徑通往，踩出了各種慾念的完型。

有天傍晚在京都某神社，遇見一男子吹笛，夾雜著烏鴉應和，他是否也會是某個故事裡的吹笛手？我日日從身體拔出故鄉，假裝鋪放在新鮮的碗裡。直到坐錯了電車，來到一個沒有預期的地方，不起波瀾地投身另一輛公車。混淆了不同系統，買好的一日乘車券，欲刷卡下車遂無法順利通行。司機問我從哪一站來？我記得自己從哪裡來，電鐵站前有紅色長鼻子的天狗大神在上方看著我，卻沒有準備好那份日語讀音。只得急忙在手機螢幕用熟悉的漢字手寫下地名：鞍馬。那一瞬間，感覺聲音也有它的膜衣，我退回了那個不知如何展述生命的自己，用疏散的方式與世界夾在一起。

讓我感到時間的漆皮落滿地，也就是在這樣與日常剝離的時刻。或許是因為去到了青春時期所有愛情都在此發生的國度。而那些故事都被存在一卷又一卷，以為漂洋過海，也不知是否盜版的日劇錄影帶裡。那時總將借來的錄影帶塞進背包，偷渡進圖書館。往前倒好帶子。它們這樣被記住：是完治與莉香。瀨名與小南。哲平與理子，也是主題歌〈ラブ・ストーリーは突然に〉、〈La La Love Song〉、〈幸せな結末〉。因為昂貴，只收集到《東京愛情故事》的第一卷與最末卷，也算上始終。說起來也怪，往後總以為消逝的物事好像都能覆著什麼哲學之心。

在旅途的餐館撞上一首同時代的西洋歌曲。男孩們齊唱：I don't care who you are/Where you're from/What you did/As long as you love me。心底也不禁驚呼。記起當時熱愛這個男孩團體的友人說，無論如何日後的喪禮定要播放喜愛的音樂。當她理出了生活，而明白有人善於將石頭塗上金箔，拿去丟擲他人，能否把更堅硬的自己好好守住？倘若知道完完全全會長成什麼樣的大人，命定般地一再證實預言，會否對未來更感到恐懼？還是等待遇見誰，像某部電影的另一雙眼睛，注視著自己說：我知道你，你是他的音樂。

這些年總感覺話語洶湧，在心底迷離，不知言靈作用還是幻念。蹲縮在魔術師帽裡的鴿子般，張大眼睛，吐著氣息，卻被遺留在角落裡。如夢的善忘。無法收拾的彆扭，偶爾會落下一種傷害般，導向眼淚的徵狀。

沒有人在乎你活著時的那種死亡，可往往許多的眼淚都不允許在日常的死亡裡掉了。

生總會增加死，總增加幾抹新的痛楚。是德勒茲：傷口先於我存在。抑或，我是我傷口的解釋。從來沒真正洞悉。看似有用的辯白抓了遍撒。反正已沒有無病痛癢的我能站出來說明。

各種不至於，十年前你不會相信的，竟也成了至於。

倘若能夠找出一種形容，記憶我們的年少時光，也許整個九〇年代就是錄影帶孜孜倒帶的聲音吧。（沒見過錄影帶，其後出生的孩子還會知曉什麼是倒帶嗎？）

而有些聲音好奇怪的，不是耳朵，活在眼睛之外，就等於已經滅絕了。

（二〇一六年，日本最後一間生產錄影機組合的工廠正式宣布關閉生產線。）

我想起稚幼時學習新字，是這樣讓我們記得：「心無旁鶩」。老師解釋「旁鶩」是旁邊的鳥兒飛起的聲音。是因為專心，所以聽不見。但是很久之後的教學，鶩寫成了鶩，馬挪代了鳥。是否在那些我們沒有意識到的時間，鳥兒不再拍動羽翼，不知去了哪裡？而馬兒開始奔跑。一溜煙地。這些曾經使人分出心來的物物事事，不使誰驚動。再轉眼，即成了九〇年代的影子。

再一陣，怕無人活在錄影帶的聲音裡，卻再沒有感覺什麼因此被晃挪了。

那大概是在晚間的新聞前夕，被截剪出的一段二十來分的童遊時間。那是一部她在等待晚餐的空檔不意跟進的動畫物語，因此她無法很精細、很完整的明白整個情節為何走到這裡來。

總之，畫面裡，那似乎是一場非常龐大的戰役。那拚搏分成了這一邊，與另一邊。而她無法記得任何一個角色的名字。對她來說，在這樣不甚了解的故事裡，敘事的視角已給予正面的歸納，因此他們就像同一種人：不該輕易死去的人。（但又有誰是該輕易死去的人呢？）然後，死亡突然降臨，同屬陣營的友伴，在戰鬥中一個接著一個被武器穿刺，擊中了要害。各有各不同的死，但肉體都明確地完全毀損了。

那是一場乾燥與乾脆的展演，帶點金屬般鏗鏘，有份被夾鑷的決絕的姿態。卻不柔脆。不是靈魂沾黏在炙熱地板上，身體卻仍不放棄起身那種，濕淋淋之感。沒有一個需要等待倆倆重新接合的空隙。亦沒有收拾與整理的經過。

那戰役，借用小說作者童偉格的句子，簡直就像「不斷奔跑出亡者」。一位男子留下了遺言，只剩一句：「不對啊？」而不遠處，目睹死亡現場的女子流著淚，為過往罪咎成今日後果喃喃懺悔。

故事裡的每個人，似乎都有專屬於自己的魔法。就像一種天命的承接或自我的馴服。小心翼翼地解開那一連串的口念咒語，擺放自己的身體，艱難地對這個世界與時間施法。那些語彙像極了他們一生的預言。那樣的技藝也與虛構成真的書寫相似吧。是否那些話語也會有自己的薄冰要履？它們來到被指定的身體上，完成自己最終的命途。

那樣的技藝會在什麼時候出現？恐怕都是在遭逢劫難之時吧。

於是，她想起這位小說作者如何在一次對談中緩緩重述一場讓他逃出生天的災劫。輕聲的語調彷如默哀，又很不好意思必須為自己的傷口做長長的說明般。他對使他傷損的某個人投射一道疑問，大抵也只是如此感觸：人怎麼可以這樣，知道即將危險卻離棄他人？生死瞬間，在烈火濃霧之中，她幾乎可以見到他高大的身軀貼著牆在樓梯間奔逃，臉面沾滿了黑塵。但她也只能在事過境遷後，他的重述裡尋索那些意義：人之性惡或無知或參雜的什麼，如何擺布了別人的命運。

而這是否便是她初識他以小說家之名，在以「我」為題的一篇小說裡，直至今日讀到的，與他性情相近的同一回事：他或許已經知曉最最為難的人間風景。

當她閱讀他的作品時，偶爾也這樣拖綴地想起了他人之死。這樣的死，倘若沒有被好好地轉化，如此沉降、囤積在「我」裡面，有天，是否終究無法再用別人的故事，掩逸掉自己的故事？

如同「生日」在他筆下總是某種回應的正式啟動之日——尋母之類。覆信之類；這是否也意味著，在真正的抵達實現之前，竊盜自己的生，與竊盜自己的死，也幾乎就是同一回事？

而那一段動畫如此作結：悔恨哭泣的女子施行了禁忌的魔法，名為「時間的弧線——終焉之時」（她事後藉由弱記憶搜索關鍵字）。在哀傷的演算後，她摘下了自己全部的生命，去交換等值時間的倒回。適才的同伴們紛紛看見了自己下一秒的死。未來在過去重現。如露亦如電。但就在死亡即將發生之時，得以偏移，錯閃，通過了一些。生從死裡面又洄游了過來。故事又重新啟動。

宛若種種書寫與（不能）言表之事：某些人的復生，成了某些人的再死。

儘管女子無從預見，她長成一個成年人的時間，付出全部生命等值換回的，就只有一分鐘。

影子超線

年輕時曾不小心摘讀出其要害，反過來讓那要害擊中自己的電影，紛紛修復再上映了。封存紙盒般，卻默默向內塌陷，承載了霧氣，恍如昨日的潮濕，不知怎麼又被誰寄還了過來。

《憂鬱貝蒂》、《碧海藍天》、《情書》、奇士勞斯基的「紅白藍」三部曲，李察・林雷克的「愛在」三部曲……二十年、三十年的距離紀念。這幾年的重映熱潮，彷彿將細微的景觀變化全部抽掉，然後在這世界，悄悄通過了這些睡著的人，讓他們睜眼醒來發覺二十年前的事情竟又在眼前重演。電影裡面的角色都沒有變，只有記得他們面孔的人直接老去了二十歲。

你記不清初次是在哪個漆黑的放映室觀看這些影像，只知道勢必是獨自一人，天昏地暗。總之早已趕不上未遲之時，多半不知時陣，只能其後，一部又一部，因緣際會重新蒐羅，將碟片推進機器裡。

這些年卻沒有再打開。不知道害怕的是，原有的情感依附，在心底其實也淡去了。只看見星光的衰滅；還是害怕所有虛構之死，越過雷池，又被啟動。而真正的死之信息，卻無法被擱延。

例如在某個時刻理解今敏的電影《千年女優》，千代子說：「也許我，喜歡的是追逐著那個人的自己。」

例如又在某個時刻重新理解今敏的遺言：「縱然此時，也要繼續。」

這些你所喜愛的創作者，彷彿變成了譯述人，藉由自己的藝術作品，為現實世界與夢境橋梁做翻譯；為尚未看出端倪的人們如箴言或預言般傳遞。也譯解了存有的祕密。

你想變成一個被時間柔軟的人，而不是頹圮下來的人。但也在時間之中知道了：要獲得某些柔軟勢必要先承受某些殘忍。

記憶成為創作的隱喻之網。你以為不能如願的都經過了。淚水如實流過了。在裡頭的無論是一份冷芯或一份疼痛，精緻或粗野的悲傷，微小的絕望。所有的碎片，都應該被結餘了。

宛若將盼待夢、熱望愛，全都轉成舊災的現在，作為餘生，你的人生始終也就如此，被永遠，活該地結餘了。

一天兩天。餘生解開的謎團是：再也不是完好如初，確實無法倒流。

多年後你才發現《呼吸鞦韆》裡寫下的這句話：「人既不能透過沉默，也不能透過敘述來保護自己。因為人在沉默或敘述時都會誇大，兩者都無法解釋我到過那裡。而標準的尺度也不存在。」是真的。

想起年紀大了的張楚這樣說：「人和人之間相互拯救的方式，越來越平等。」

所以無敵的英雄是無用的。

而互相傷害的方式，其實也一樣平等嗎？有些痛楚畢竟不是從自己開始的。

倘若刻意不先將自己置放在劃為「正常」的那條線，是否更容易說出自己的難處與抑鬱？

直到多年後你也遭遇某樣的人，被損傷後你才能明白。在Ａ因表象良好，或背後更多世情牽扯而被偏愛、而被包庇的謊言裡；在團體的瞞天過海裡，真實被傾倒向另一處。而你因Ａ的錯誤與隱匿被牽連了。

你卻不知道受害的程度已經到了哪裡？那種順勢到底順去了什麼？不論Ａ用了何種抒情技藝，將他人做好的東西當作自己的。做錯了切割，做對了收割。這樣過量的自我肯定有時也讓人倍感疲倦。

你沉默，Ａ卻在自己的文字裡，在後來的日子裡，虛偽的迴避自己諉過的事實。甚至為此心虛將這些只能沉默的處境竄改成他人待己千百種惡意的理由。在社群網站到處撒一點可以變成話頭的種子。將他人形象納為己用，支配成故事裡的反派零件。一種臨時成形的威脅。不管他人暗湧的內在，在自解的新造詞彙裡蔓生、碎解、操弄。只想用高一點的目線，施展書寫的權能。那些刻意虛構的東西，自欺欺人的細瑣言行，反而蓋過真實，成了 A 的專屬回憶。你猜想，或許那就是一種用來凌越的方式吧。

無人想與 A 玩樂的一二三木頭人，於是拉進了多年前認識的，又剛好正在使用同樣技藝以維生的一個人，將其在自己的寫作裡蠟像化。卻還沒有想好到底要怎麼在那樣的遊戲裡擺放自身的姿態。

倘若想要抓取某些細節編織成反受其害的形象，其實最容易抓取。就是落入俗套的符號，然後不知所以的穿行在自己的肥皂劇裡。

上天會，會保留這樣的道德弱點嗎？當寫作者高舉自己悲劇生命的旗子，然後將其他人通通化約為罪有應得。反正世間之於你的涼薄，你自己面對；反正即使被歪取的記錄下來，一切終將歸為只是種技術障礙吧。

主觀記憶與文字軌跡的確不盡相同，雖強調一種在場，但最終一切也只是補述。倘若有人要依賴浮面意義，倒轉而去籠絡將臨的讀者；取信、收編一知半解的身邊人，想必此人過分無聊，或活得好逍遙。像自我意識過剩的戲法。要在文字裡做劣質算計，就要支付起那樣的成本。

在人際的市集裡，總是有人想要跟你交換什麼。你交換了話語、時間，道別的時候也交換了熱騰騰的食物與微笑。在這界線裡已經可以、足夠了吧。

總還是有人擅於將他人之臉塗泥抹墨，為自己塗脂抹粉；或者抓住別人的手腕，將刀刃舉向對方，卻可以凹折轉過來把傷口加冕在自己。

有時是為了把自己的臉孔挪到前面來展示，將傷口開在別人身上。在別人的痛苦裡鋪設自己的價值。另有人勸誡：人必須經受得起他人的謊言，看穿偽善也別說，等待有天真實被證實。嗨，但你還在這裡，沒有瘋，還沒有瘋。

於是，書寫也會成了一種反射裝置：反射自己的心意，反射自己的惡意。預設了自己的偏差與數不清的矛盾。你自然也可以這麼做：推向瘋狂，推向有限的靜默，越過設下的界線。你有這樣的基因基礎。以眼還眼。以暴抗暴。讓你這麼做的人，此後會獲得你無限的恨意。

然後你明白：文學也會有它犧牲的東西，也有沉溺在文學裡面因而犧牲的人。隔離的共在，相容與互異。例如將某些人投擲在自己的寫作裡，讓他們以某種形象就此犧牲的這一面；犧牲了部分不可見的，集中在可見的這一面。例如獨屬的文學心靈卻被時代或其他不可解的一切壓垮；或如無法在萬年不平的體制與結構上做出實踐和改變，因而後退一步自我限縮變得怯懦而被犧牲的各種文字，又是一面。

內野與外野，以及在這之間的種種一切。你試圖理解那些下降的意象，是另一種反過來說的迎向，卻暫時不可得。

於是你打算日日消薄與人的連結，追索離現實最遠的東西。像看一場過去的電影，喜歡的重複觀看，不喜歡的任性不想去觸收。行將就木前只能麻木，在日子裡使著性子。將原來很重要的，過得不再那麼重要。可時常是想死的心都有了。像短線穿針，埋進生活的泥水或渣滓，需要驗證時，徒手撈拾。即使觸摸牽動，也無法依靠線拉回針。尋求與迷失幾近相似。倘若感覺尖刺的危險，時間的著急，過剩的思緒，多了就停。

你看見那些刻意的明亮早已經與陰影相融合。時暗時明。你只是個有限生靈，只能追隨著這樣的狀態並反覆糾結。困於此。有時也要面對書寫倫理與胡亂被書寫的殘酷。即使只有自己知道，你不舒服，你很難原諒。你決定要用自己的敘事，自己的版本與自己的記憶，一遍又一遍地重新述說，或加倍奉還。

但這樣的場邊性格時常讓一切被轉譯成受罰的形式。然而，你並不想知道，有些奇異的受罰是因：在應守規則的距離前完全停止，影子卻還是超線了。例如你的心的影子，儘管它也同樣抵達了光照之處。

錫身

初次接觸 8K 四百字綠稿紙的幼時，所有的技藝與規則都來自於對上一個寫字人的繼承。例如工具先投以鉛筆練習，求更方便即時修正。這些鉛筆字寫得輕了，彷若一層薄膜覆蓋在薄紙上，在字與字的交錯間，容易被自己指尖底下的陰影遮掩，被掌側磨損；寫得重了，這樣石墨與黏土結合的產物，又總如黑點袍子一樣的散落粉末，被品質不良的字句印蓋的髒汙，輪廓被侵蝕，像日子的層疊又層疊。

或在擦去錯誤時，綠線裡的白框格被過度施力的橡皮擦弄破。那些字句就像落在一個脆弱而低陷的基地。懸空的筆尖，巍巍顫顫地踏在一個很難搆著地面的所在。跟著有限的想像力與詞彙鳥喙般啄啄啄。

在學校的日子更久一些，年長一點，這種手工技藝的工具，從鉛筆必須換成藍或黑的原子筆（不能與為你評分的上位者使用相同的紅色），在正式的考試或功課裡，禁止了較危圮較容易解體的一切。

想起用筆寫字時總先想起那樣關於綠稿紙的形式與規範。由右往左直式書寫。題目寫在第一行，上方空四格。內文開始在第三行，每一段上方空兩格。提及元首名字前方空一格。

我記起了第一次必須交出作業的作文課，或許是對教導的誤聽或許是誤解。我以為若要帶上句點，它必須永遠待在每一行的最後一個格子裡。以至於在寫完每一段字句，必須畫上終結的記號時，不能遵從一種思索與落筆的偶然性，必得再用一些形容點綴加長，或殘毀幾個字讓句子剛好縮短，以求句點的完全安置。

在我真正意會到之前，大概有好幾篇的命題作文都在這樣極限時間的催逼之中，重新耗在這一顆顆方塊字的遷移、搬運與替換裡。埋首在某種一開始深信不疑，懂得不多也不知道怎麼去質疑的人間規則裡。

原來我以為那為了表達最最當初萌生的情感所使用的字句，無法護持到最後，因那已經成形的邊界。只得不斷在這過程之中，借用後到的意志重複地推延。

圖像、語言、文字、聲音，在這樣以社群軟體聯繫關係的網絡時代裡，紛紛成了不同的基地，永遠是新完工的簇新、看似冷硬堅固，一邊容納了各自的路徑。人類攜帶著原來的疑惑，攜帶著自身的什麼，於是在一個懸置的地景裡，試探性的著陸。再因後來的疲倦，終於察覺到的不信、絕望，以及累加上去的冗贅感給完全覆沒。像是所有的臉面都在一旁長出陰影來。

仰賴著同溫層，擠塞在掘好的地洞，進入並且就這樣看守著一個又一個私密房間；或如遍生的神廟般對偶像推崇，為彼此鑑真同時也立即鑑虛。

很多時候，其實只能在同一種話題裡迴圈，在同一個動作裡凍結；很多時候，有一種實實在在的遙遠反而被這樣的親近曝光出來。無論是心理上的關係，抑或是地理上的距離。

在言語的繁衍與過剩之中度過每一天，有時一個句子就重新劃下一條疆界。你不知道你當刻說的一句話往後都會永恆地欠著你的心。

•

我曾經在這樣從無網路到 2G 漸漸走向 4G、5G 的網路時代裡，喜歡著自己的隱身，試著喜歡自己在這個世界上隨身置放著的脆弱與心怯。不願再接受一種被強硬給予的世界觀。時時清掃自己的歸屬感。

但我還不知道新世紀的一〇與二〇年代，謊言將變得更發達。善良的仿冒仍可以被稱作善良。私人情感有時仍被視為小鼻子小眼睛。新造與舊有的詞彙依然被展演在大敘事的公共領域裡。

過去那些僵直的四字套語：無中生有、隱惡揚善、加油添醋、子虛烏有，因有故人與故事發明了這些詞彙，描繪各種真假話語互相編織、掩蔽情狀的稍許差異；那裡面自然也有被模塑、被受制，以及雖意識到卻看不見的一切。一旦到底依然弄不清虛實，就變成了：各執一詞，各說各話、流言蜚語、眾口鑠金。

從以前流傳到現在，結果都一樣。一旦涉及與己相關的人物事，可能就會回歸到比較低度的邏輯線性狀態，無法執持住理性與感性。透過同樣觀看的行為卻無法如以往客觀而去知覺。

或許除了真正的生與最後的死，在個人時間裡垂死掙扎，是一種被省略不談的敘事。

宛若詢問「不在的人請舉手」；或者遠方的人在電腦前打下「本地專享超濃禮遇，一起被慢性謀殺」。從某種刻意的嘲諷，變成真實的恐怖。

我至今還沒能理解自己進入的到底是一個沒有意義，或者擁有太多意義的時代。我以為時代走到這裡，應該有足夠的時間資源以營造可以訴說某些情感的環境，擴充各種想像，也鼓勵失敗。而非只是將社群關係與臉書好友的聯繫，直接在文學場域裡兌現；而非在一種評審、競賽的體制與形勢之下，限縮這些私人經驗的多向性，封閉了對某些情感的感知與可能的表現，簡易指點，卻早已將一類視為另一類價值的次之，又說不出真正的所以然。

如果最後只是想要回歸成同一種「固定的、數理、秩序、黃金結構」的技藝人間。如果我不再脫口說出那些抒情的個人故事；抑或用文字轉喻那些溢出狀態或許已達濫情的思緒，還有人明白，或還願意知道我在傳達些什麼嗎？可以像從前認識的友人口頭禪，不停在句尾追問：「那你懂我意思嗎？」

我們總是更有創意的毀掉這些——毀掉這些發聲詮釋可能帶來的幸福與快樂。

這正在歷經的所有，是否是專屬於這個世界與這個世紀的劫災？如班雅明眼裡的歷史天使都不能合起雙翼為事物作結，只能看著面前漫天被吹散的碎片。我們只能在自己的時間裡感受到那些表面—表面—表面的一切，橫線本該是連結，而非化約。往返映照著這個世界的一部分，如水晶般無限的彼此折射。

如今我只覺得那些被權力打破而四散的碎片，隨機地被投擲到歷史裡；隨機地照射出什麼或者割裂什麼；隨機嵌入某個人的身體。或像是背負著過去的幽靈而從身上長出其他肢體。

碎片結餘成哭聲。讓這個人生，讓那個人死。

我曾讀到一本書裡這樣寫：新世紀的暴力回到了微觀物理學，回到了皮下組織與毛細系統，途徑則是傳染與蔓延。我想到了二〇二〇年新冠病毒重新肆虐、世界級流行的疫病時代；娛樂圈名人的自死數量；想到了那些復辟的暴力；想到了那些量身訂做的特殊痛苦；想到那些文學裡關於肉與字的一切：

那些身體規訓，那些遭禁的身體、走經的身體，以及關於肉身的貢獻與共現。

暴力帶來的那些傷害，不只存於漆黑處，只可意會不可言傳，暗地裡四處藏放。隨機撒上碎小的棘刺；也存在於那些明亮處，在照明直射的公開舞台，眾人皆睜眼看著的那塊地方。我們尚未意識到那些傷害是如何漫天煙塵霧霾般遮住某些景色；如何強奪豪取了那些以往被視為「之間」或「灰色地帶」的間隙意義。

•

我記起那段仍有髮禁，有教官在大門口檢視服裝儀容，連襪子顏色都規定好的女校時期。我在開學前購買了天藍色制服，一周兩件輪流穿，天天洗。因居住在一個更加潮濕的環境裡，日曬常不足，衣料表面只需一兩日遂有了些再也洗不掉的黑斑點。即使每每洗淨也清香，但星點遍布看似汙霉，而這成了讓某同學對此嘲弄的一件往事。正式的制服並不便宜，我就這樣攜帶著過往的斑點，如一種記號。每年只在胸口學號多繡上一條紅線，穿了三年直到畢業。而這些披掛在身體上的衣物，就像依附於現實轉化而再現的符號，同時表現了時間與生活的複雜性。

身體髮膚受之父母，受之社會，浮動著主體與肉身的局限，互相辯證。我們重新學著所謂「學習」與「學校」的新解釋、新定義；抑或重新起建一種陌異的語言。學著將性別身體拼湊完整；學著怎樣搭配個人色彩；學著只有在你來我往彼此宣之以口的對話裡，某種界線才會跟著移動，權力才會跟著移動。有的時候移過去你那邊一些，有時移過來我這邊一些。

當我日後有了消費能力，就變成一個覺得線上購物更適合自己性情的人。那些頁面有我需要的安靜，沒有那些跟前跟後過於緊密的距離，以及那些剩下最後一件最後又生出另一件的話術。線上有真人模特的美化示範、寫真表演，也提供對每件衣物平面量測的尺寸與比例。我知道高領、立領、襯衫領、抽繩、亮片、流蘇，這些衣著形式我既不適合也不喜歡。每隔一段時間分別著迷於水玉、格紋、碎花的圖案，或不會感覺脖子受到拘束的V領長洋裝。

因為身體對季節的感受也成了座標，所以知道針織的短袖、厚棉的短褲、不夠保暖的長袖上衣，之於我難以抗熱耐寒的身體而言，從夏季到冬季終究都穿不到。

這些無可觸摸的平面影像，讓我以為能有所選擇，讓我在因換季或過季而打了折扣的時刻，自由地在電腦前選擇要或不要。雖然日後總在搬家整理時想狠狠敲擊腦袋的一件事：既然知道人身必定腐朽，為何無法阻擋自己以為需要那麼多量的衣物？

村上春樹〈東尼瀧谷〉，寫購物狂般的妻子生前死後所留下的那一件又一件的衣物。就如同她的影子。這些勾掛著的，尺寸7的影子過去曾經緊密地依附在她的身體上。小說家寫那些重疊著好幾列，從衣架上垂掛下來的影子，「看來好像是收集了許多內含著人類存在的無限（至少理論上是無限）可能性的樣本垂掛在那裡似的。」

讀完小說之後我即刻明白了那一整排「可能性的樣本」在自己衣櫃裡的模樣。

就像死者的靈魂也會穿上衣服般。看起來就好像我為了補償自己過往的遭遇，而寫下終究過多，無法收拾的句子與段落。

然而，我卻忽略了一些來自於與想像與現實有所落差的失敗。在這線上選購到送達手中的過程裡，這之間化約了某種可能性，而無法終於一份承諾。這些失敗多半不是因為版型、款式或是質料，而是鮮明多彩的顏色。

例如我喜歡的藍綠色，是一種介於藍色與綠色之間、必須經由混入白或加製灰或調和黑的顏色；喜歡的藍紫色則是紅色加藍色的紫，在此紫裡又必須偏藍多一些，因此成為可見光光譜裡的最邊緣。

《童女之舞》裡童素心想送給鍾沅的半開紫玫瑰不知是否也是這樣的顏色？染在不同織布上更成了容易有色差的顏色，但那並非商品本身的缺損無法因而退貨，於是網購賣家時常在照片下加註大同小異的警語：「圖檔顏色會因個人電腦螢幕設定差異略有不同，請以實際商品顏色為準。」「產品顏色可能會因網頁呈現與拍攝關係產生色差，圖片僅供參考，商品依實際供貨樣式為準。」

選擇以這種方式消費的人，只能臣服於這樣的規則，彷彿在測驗自己命運的可良性。

•

渴望敘述，卻無可指認，亦不能強行共感。純然的黑可能是深藍。純然的白可能是淺杏。而許多顏色不是那種眼睛所見與實際收獲的，能夠等價交換的敘事。例如在那些以顏色為基調進行象徵創作的藝術裡——艾方索《烈愛風雲》的綠；奇士勞斯基「十誡」之第五誡《殺人影片》的綠；尚皮耶・居內《艾蜜莉的異想世界》的綠。黃碧雲《血卡門》〈綠，如你所喜歡的綠〉裡最後一段列舉了「貓眼綠、綠寶石的綠、亞馬遜森林的綠、緬甸翡翠的綠。你跳舞的時候裙子揚起，好像綠火在燃燒。如你所喜愛的綠。」

有些綠色是可以原諒的顏色，有些綠色卻是無法原諒的顏色。

如果我們願意明白，是否便能看見擁有分層而全然不同的綠？

顏色是一種概念，需要被教導，唯有學會了如何指認，才可以辨別出差異。倘若某種顏色一開始因其稀有性只會讓貴族擁有，那這樣的辨色系統也就只會在少部分人之間流轉；就會慢慢變成專屬於上層階級，於後來的同一種生理性別的某種顏色。

天是藍的。雲是白的。對某些人來說，並非那麼理所當然。所以，即使懷念一段過去而不復返的光陰，復刻了同樣的景色，也許當年的天，不會所有人都感覺特別藍，雲特別白。如果知道那每一次的變化幾乎都是無可挽回的。每一則都是過往雲煙；如果眼前沒有任何可供揮去的死亡陰霾。

或許可以分辨一百種色層，就可以擁有一百種通過眼睛所見的寫實。如符號學：沒有了差異，就沒有了獨特意義。井蛙語海，拘於虛也。決定了眼前的世界會是什麼樣子的，不再只是關乎感官與天性之事。譬若想要澈底滌盡汙點，也要有能夠明白汙點的路徑。

或者例如「光」，光帶來了視覺成像，有時是直射，有時是殘影，有時是錯視。也利用了象徵系統折取意義，使我們努力去辨識敘事的本體。光的意象，有宇宙的天亮，有人為的點燈。或試圖寫下宛若燃燒之中的烈焰，抑或曖昧的薄光，以及隱在光亮之中的種種暗影事物，展現光譜的漸層。

因這膨脹或萎縮的肉身，我們總是想要在這個時代裡，找到可以更耐久不輕易改變的事物。東尼瀧谷看著妻子留下的那些衣物，那些實體與影子的關係，會不會就是這些歷史，透過假裝「不帶感情或微不足道」的方式，存在於此？

所有這些被框限的身體髮膚顏色，若有其上披掛的國族、性別甚或時間，你要怎麼藉以說明你的姓名、性向、性情與性別？

都是人類肉身的覺察，人類邊界的存在。

•

遂想起那些出借了自己的身體與生命給某塊土地的人。肉身的毀壞就是四周拉起了封鎖線。穿上法庭裡的西裝，為謝罪擬定策略；穿上囚衣制服，被棄權、被定罪，假裝裡面空空如也。當你說「我」，人稱卻失去了源頭。或讓那些未曾真正犯罪的人在牢籠中寫出關於監禁的文學；如生活被一座隱形牢籠澈底覆蓋。

對那些在種種前線，無法離開的人；那些好像會下墜的用力一點，所以要撐持得用力一點的人。場內場外或許依然有人不斷質問：為什麼要那麼用力的要？為什麼不懂得「錫身」（粵語：保護身體）？

好像在說那些發生在他人身上的時代爛事是理所當然，他人所遭遇的不平種種，其實最後都是自己活該受懲；又好像在說，接受你自己的壞運，接受體制之下自己的弱小卑微，低下頭別看著我們，別向我們現在的好運尋求援助，我們不伸手。

有些顏色成了敏感的顏色，有些字眼成了敏感的字眼，挑動了敏感的神經。層出不窮的傷害。風吹草動的後遺症。有許多看得見，卻觸碰不到的事，像極了電視劇裡，坐監會見時的虛構裝置，透過透明隔板可以看見對方，有人在後方監察，但必得拿起話筒傳達。從今而後世上多了許多不被理解，或理解了卻不被允許，甚或假裝永遠不理解的暗語。遂讓命運變得十分相近。

我被縮小。我輩減少。這已經是時代的明語，而非暗喻。如繞口令：沒有人想要自己的命運最終長成不是自己想要的樣子。

所以，在這個模糊的時代裡，我們可以用來拯救自己的心的東西，到底會是什麼？

世間上的所有事，是否就是那些身體髮膚不敢毀傷或已經毀傷之事；是隔鄰某地緊密依靠的手與足，那些黑衣服，彩色的傘，白色的霧，灰色的鐵欄杆，這個地方那個地方所攜出與傳遞的符號與顏色，都已經有了別樣的變化、更新的定義之事？

當它變成文學上的問題，讓我們曾以為可以比較公平地，撫平過去無法親臨因此曾受折磨的心理質地，因而去追求奇蹟，以及寫作上的冒險。

然而，痛苦是會在身體上回返的東西。詞語也有其突然之間闔上的暴力，只留下了像是書寫的殘痕。

世間是不是真的「行無前路」了？誰真的知道？二〇一八年寫完非虛構作品《盧麒之死》的黃碧雲，同年開了名為「騷動與顏色」的繪畫作品展，在展覽自述裡，她問：「我想生命到了行無前路？」最後以自己的方式回答，寫下了：「一閃。顏色留下。或想像與記憶。或，無法愛。」

面對誘惑或艱難，可能生出絕望或脆弱，也可能生出對抗的意志。有那麼多的生命例子在眼前讓我們看見了，欲望、共謀、折損……現在所演示的，是否提供了一種細緻性的描述，是一種辨識、審美與深層情緒如悲觀、憤恨、極少的喜悅相互交織、同時並存的未來？

在同一個時代看著的其他人們，不可能成為局外，或遠或近，只要見過一次、聽聞過消息，一輩子都會成為現場的親臨者。而那些被禁止的一切，紛紛在夜裡，變成出籠的夢。

如刺青般，其實就是傷痕。對我來說，在這些創造性的儀式裡，那些種種的經過與還原，大抵就是傷痕。

夢遊後的織物

是日讀書，將行間的脆弱兩字錯看成脈絡，書冊裡夾雜的立體紙模般，翻頁過後就潛意識收納。這錯誤的感覺，一直到下段文字不能抵達其意義才因而顯現。想是十年以後，重新回到學院裡的後遺症吧。

彼時，這些詞彙已經不再屬於她的某種日常，在生活的言談裡竟比「脆弱」這單詞還要更不堪一擊。因此她只能覆蓋極其相似的物事，卻漸漸任性的轉讓給一種必要的沉默。

曾以為能夠從書本中獲得一雙很長的眼睛，去凝視距離更加遙遠的世界。但她不知道自己往後將無法繼承任何一種存活下去的技術。詞彙的貧窮與存有的貧窮成了她命運的正比例。後來她總傾向比較壞的解決。反覆旋開，填空瓶子，將自我傾倒，當作清水澆熄情感餘火。那些餘燼語言，以及火苗完全熄滅之後所遺留的汙跡，一直以來就這樣成了她生活世界的基本常識。

而此半生過去，她以為自己學習得更長久的就是這樣一種私屬個人範圍的語言——將自己的祈望轉讓，為了一絲不允許的反向念頭。內心經用的多是充滿冤厭、復仇般的詞彙：那我要自己允許。

於是，當她在這個年紀帶著一身黃沙回到同樣遠得要命的校園。十年前不斷經過的那條窄迫廊道，一塊破損地磚邊角所濺起的汙水，彷彿重新濺到了小腿上。她記得避開那地方的下意識動作，讓她感受同一份軀殼重新回到了相同的地方：她的確曾經有過僅在這裡度日的時間。而那份時間始終被摺疊在那細小的縫隙裡面。

她開始數算那些變化與未曾變化的風景。譬若十年前常去的廊道轉角飲料店，店名沒換，老闆員工也都保留在那裡。幾乎讓她有了一種錯覺：紡錘的針刺向手指，帶來了像是死了一樣的長睡眠。只是她並不知道往後人生將以十年一跳為時間尺度：

十年前的我以什麼模樣被記得？十年後的現在成為了什麼樣的人？

這可以是所謂再走一趟的迂迴故事，重新整理自己的機會。但她卻對任何親近感到一種可怕。無法涉入任何喜歡。其實她明白自己只是需要有一個人得以珍視到能夠原諒別的傷害。

如同某日，她讀到一則需要依賴偶像來續命的留言，因緣際會看見來自韓國的影片：二〇一一位青澀少年的焦慮與脆弱，在這個光纖時代被大量轉寄傳播。她在電腦上看著夢想出道成為偶像，這些少年最初的汰選賽事。大抵有多少盼待，就有多少苦澀。

影片啟幕即是，詢問彼時尚且被稱為「練習生」的他們，這單詞對自己的意義，而誠實寫下了「沒有按鈕的電梯」、「走鋼索」、「海市蜃樓」、「孤獨的時間」。最終被選擇的十一位少年組成了團名有「合而為一」意義的團體，限定一年半共同活動。結束表演齊呼口號總說：現在為止我們是……。

經過一年時差，她讀到粉絲為出道後的偶像應援：謝謝你堅持著從那個陰暗的地下室走出來。謝謝讓我遇見你。這眈眈的凝視恍若成了一種遙遠的呼救、能與生命親密的介質。

她想起了死去的安哲羅普洛斯曾借鏡頭自問：「我還看得見嗎？我的凝視還像第一次那麼純潔嗎？」

忽感到一種濃烈的渴求，很慢且很遲，猶有預感卻仍夢遊般，淚織滿面。

滿島光未眠

如常的冬日過後沒有回到春日，一整輪的季節序列在那年終究亂了套。疫病整平了經緯。萬事重新擱淺。二〇二〇年的敘事大抵從年初就已完成——關乎清潔與殘忍。國境與邊界被死亡的數字重新定調。

籠罩著自己的氣息，在這樣的範圍裡一起承擔。那一年的日常情感與經驗像是被抽掉或遺失般空白。然而，倖存的人並不被承諾傳送到一個新的明日，航抵一個新的未來，也許只是一遍又一遍的在時間的夾層裡逡巡、縈繞、迴旋。

我親眼看見那個二月從自己的家鄉回來，隔離在宿舍房間的E，十四天後白了許多頭髮。有人試圖使她放鬆，說：行動的受限就當成兩週不用出門況且還有人送餐來。她垂著眼回應，那是完全不一樣的。

每每去到一個實名記錄才被允許進去的現實空間裡，彷彿進到一條牆上懸掛著大小鏡子的長廊，以為能看見各種面孔崎嶇折射的虛擬分身，鏡中先是什麼也沒有，像一隻失去了影子的鬼魂，就在原地消失；離開一步，卻在時差之後靜默的顯現，餘光瞥見，簡直弄不清那是幻視、殘影，還是什麼無有意義的東西。

所有著陸的訊息，都成了零星而散碎的座標。如手指滑過死而復生的歷史，使人恍惚，讓人覺得沒有盡頭的恐怖。

這樣的日子，彷若被錯接回到沙上寫字的從前那時候。沙上的字如一幅織毯，毯上鋪放成生存的輪廓，毯下有拓印出來的跡線，隨風吹去，或被他人隨意一腳抹去。這時代連跟上潮流的迷因，也很快成冢成遺跡。

那年過了一半之後，我把進入第四年長途通車的求學時間暫停下來。終於在一日工作完畢，真正約上、面對面吃了一頓晚餐的友人Y君對我說道，他讀起我某一年寫的字，不知怎地倏忽在腦海裡召喚出一部氛圍相近的電影。席間，他談及大小屏幕、景框，條理析論那些重重關閘間的辯證。

若非必要，我已不怎麼輕易進入那些悲劇結尾的影像裡。儘管知道它最終被冰天雪地覆蓋，隔了幾周的某個夜晚，我還是看了那部名為《久美子的奇異旅程》（*Kumiko, The Treasure Hunter*）的電影。其後玩笑似的傳給Y君粗糙的評論一句，表面字義：可是我最不想麻煩別人，也不想被人麻煩。雖然自我剝蝕或自我耽誤，我的確也擅長這個。

我能明白那種無論家鄉或異鄉，都活在一個沒有「我」的領土的人。不想被塞進鑿好的位置直到同一塊位置變成墓地。受害有各種形式，能夠表現出來的也有各種形式。偶爾必須在生活的密封箱，努力將身子斜著也好，撐出一點逸脫的可能，挪出那麼一點延遲痛苦的空間；偶爾彷彿失語症般，失去了處境轉換的投射能力，莫名的重音使用、誇張的語調起伏，只是證成了自己的病理。

而那樣偶然性的拼接有時就會在某個人身上長成令個人完全絕望的所謂命運。一旦它又被刻意地融以生命的規則邏輯，以及假託給理性思維的表現詞彙——更多時候只是因著對他人處境理解的無能與無知。

利用優勢或關係四處預約自己的幸運與公平；利用已知的概念去果然論斷、區隔其他不合常規、未被提及的，最簡單。活在一個績效社會，分類最為方便。

對於輕看或曲解他人痛苦，預先否定他人經歷的那些人，我後來也不生氣了，同懷惡意的當作他們不勤勞又沒有足夠的想像力。管我怎麼樣呢。

久美子在旅途遇見各種人，總想招攬她進入各種屬於自己的空間；總對她說，你想去的地方，很遠，很冷，那裡什麼都沒有，我可以帶你去別的地方玩。願意傾聽她離家來此緣由的人，雖不訕笑卻直白告訴她：那些不是真的。

這意思聽來或許是，你珍稀的寶物需要他人合意才能生成。你構築的不過夢的虛假。

我看著久美子將偷來的旅店棉被用雙手撕出一個孔洞，從頭套進去，棉被披掛身上，被再製成棉襖，過長的在地上拖著。在滿是落雪與髒水坑，看起來凍死人的濕滑公路上，艱難的行走。另一種形式的兌現或替換。遂讓我想起童年時，總愛在與母親共眠的房間裡，拉出床尾等身高的五斗衣櫃抽屜第一格，將薄被的一角塞進去，披掛下，用這角落空間起造了邊界廓線。

被子外面很危險，我在被子裡面睡覺，跟自己玩遊戲。我搬進電扇，在裡頭亮著燈光，假裝是這一整座島未眠的某時刻。

我想起這件事的同時，意識到，那很像是我曾經把時間割劃為寫作與不寫作的二分生活。每當有人關心起我的動態變化，總回以「這個月寫了或沒寫什麼」當作一種數算日子的尺度。用以探測自己的生物活動。只有一直寫，我才能延長那段被子裡的時間。

那大抵是一種現實裡遭受損害的身分，逃亡的方式。

稀微的心。不夠精銳的人。一切懸吊靜止的狀態。被子裡我只需要意識到自己的存在。滑進螢幕裡為虛構的人物搔癢。我在外面缺了席，總活在什麼的旁邊。可是公領域與私領域都開始降下瀕死的經驗。光幻視般揉著眼睛，寫些他人沒看見的東西。存放自己的記憶。以為對抗因固著與定見，到最後被視而不見撇除的其他種種，是我開始書寫後至今護持的某顆堅定核心。

後來總有一整座島亮著燈未眠的時刻。不是想過度燦亮使人感覺不盡真實，反而使人憂鬱。原來只是想各自持燈，在不同的時間現場。有時為了時代的公義，有時為了失敗與不公。整座島的日常時間一併席捲了進去。

光穿破漆黑而來。光照透過形狀與顏色顯像。順光背光。光的確是各種差異的蹤跡。後來我以為光的變化就是一個人的變化，就是一個人怎麼站到外面來的經歷。

我看著電視新聞，有人嗆咳哭著從煙霧街上回來；我在島中，隔著岸看著像光一樣的烈焰。燃燒的潔淨。光影傾斜。有人被以竹竿插進背後追獵，權力限制了他的行動，只能站直的身體卻顯示了存在的傾斜度。

我卻無眠蒼白地在這裡撿拾著字來形容這一切。仍無法進入一場睡眠的人，就是還不能做夢的人。或像我這般作息日夜顛倒的寫作之人，被排除在正常鐘錶時間之外。如一個站在指定的位置上，想要利用自己的身影以為日晷針影，去劃分時刻，讀取自己看到的時間。但每日真正醒來都是沒有日光的日子。總是陰天，或者夜晚。只能在失眠夜裡，看著手機，想像著好幾場不存在的飛行與遠行。

物也換了，星也移了。我有時極度渴望將生活理解為美夢的隨從；有時只能透過想像畫面的串接，去愛一個由虛構延伸的對象。

夢是對現實時間的遠遠推遲。夢是一種潛意識，以抽象文字所寫下的愛最終也是一種潛意識。而書寫裡所攜帶的光亮，則想盡辦法反射了內心的眼淚。光的中心是黑暗。每顆雪花的中心是塵埃。時代索了命，傷害失去了邏輯，種種意義由繁化簡。只能炎熱或冰凍地將自己埋葬。而有些人竟允許曾經緩慢前進的，卻各種倒退。

每個人只能看著世界一次，我以為自己的虛構能比自己強壯，卻看見結構裡圈套的結構與結構，以及種種虛構的種種幻滅。甚至覺得自己就是同時代裡那個被指認出來，聲音澀啞、面目模糊的異鄉人。

我開始感受到，曾以為可以分辨那些被過去的時間一起握住，如今四處分散開來的市場語言、情感語言、日常語言、學術語言。但有些語言終於不知所終。有些字句用錯了地方。表錯了情。不久之後，我變成了一個理解緩慢、各種混亂的人。

萬事萬物重新定義的一年。需要更新的分析工具，擴充理論內容的一年。於是，重新學習描繪他者，描繪解體，描繪平衡，描繪暴力，也重新描繪光。學會戒慎恐懼。還是害怕，但偽裝淡然——有時將光亮這件事情在某個層面篤定了之後，它便會突然地在某個夜裡就這樣熄滅。

然而，我在某天發現，自己的文字或許仍是同一把鑰匙，世界的艱難已不是同一套鎖。

文學叢書 665
滿島光未眠

作　　者　林妏霜
總 編 輯　初安民
責任編輯　陳健瑜
美術編輯　陳淑美
校　　對　吳美滿　陳健瑜　林妏霜

發 行 人　張書銘
出　　版　INK 印刻文學生活雜誌出版股份有限公司
新北市中和區建一路249號8樓
電話：02-22281626
傳真：02-22281598
e-mail:ink.book@msa.hinet.net
網　　址　舒讀網 http://www.inksudu.com.tw

法律顧問　巨鼎博達法律事務所
施竣中律師
總 代 理　成陽出版股份有限公司
電話：03-3589000（代表號）
傳真：03-3556521
郵政劃撥　19785090 印刻文學生活雜誌出版股份有限公司
印　　刷　海王印刷事業股份有限公司

港澳總經銷　泛華發行代理有限公司
地　　址　香港新界將軍澳工業邨駿昌街7號2樓
電　　話　852-2798-2220
傳　　真　852-2796-5471
網　　址　www.gccd.com.hk

出版日期　2021年 10 月 初版
ISBN　978-986-387-484-3

定價　350元

國家圖書館出版品預行編目(CIP)資料

滿島光未眠／林妏霜著.
--初版. --新北市中和區：INK印刻文學，2021. 10
面； 14.8 × 21公分. --（文學叢書；665）
ISBN 978-986-387-484-3 (平裝)

863.55　　110015646

舒讀網